LAS AVENTURAS DE
FÉLIX NÚÑEZ

LAS AVENTURAS DE
FÉLIX NÚÑEZ

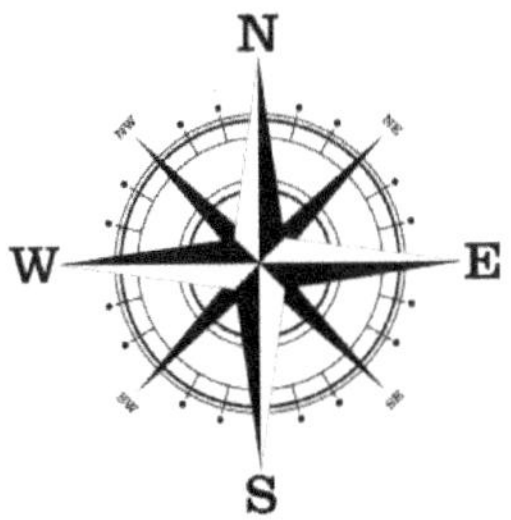

LIBRO II

EN LA EXPEDICIÓN
LIBERTADORA DEL PERÚ

FERNANDO LIZAMA MURPHY

2022

LAS AVENTURAS DE FÉLIX NÚÑEZ. Libro 2. EN LA EXPEDICIÓN LIBERTADORA DEL PERÚ.
© Fernando Lizama Murphy, 2022
Inscripción N° 2022-A-1913
ISBN: 9798439863426

Maquetación y diseño: Javier Orrego Corcuera
Ilustración portada: Dibujo de un huaso o campesino de cuerpo entero. J. Mauricio Rugendas.
Autoedición FLM
Talca. CHILE

ÍNDICE

Episodio 1

DE REGRESO EN VALPARAÍSO

Terminadas las celebraciones por el triunfo en Valdivia y de vuelta a mi trabajo en la barraca de don Simón, los días comenzaron a transcurrir con cierta monotonía. Durante mi tiempo libre, visitaba un par de veces a la semana al mayor Miller que se reponía de sus heridas y que no terminaba de despertar mi admiración por su capacidad para recuperarse. Alguien dijo que los gatos tienen siete vidas y desde ese punto de vista, Miller parecía uno de esos felinos.

Llamó mi atención cómo había crecido Valparaíso durante el año que estuve fuera. En el puerto y sus alrededores, la misma basura, miseria, niños desamparados, perros hambrientos, pero más viviendas y muchos avisos de casas comerciales, casi todos con apellidos ingleses, se podían ver en las calles principales que, esas sí, lucían más limpias. Hacia los cerros continuaba escalando la pobreza.

Dos semanas después de mí, regresó a Valparaíso don Simón Muñoz desde el sur, donde visitaba sus bosques y otras inversiones. Le extrañó verme trabajando en su barraca y hube de repetirle toda la historia de mi captura y paso por la guerra para que abandonara ese halo de desconfianza que mostró en el primer momento. Con don Vicente, su hijo, estábamos funcionando bastante bien y se lo hizo saber a su padre que se mostró satisfecho por como marchaban sus negocios. Retornó en una nave cargada por completo de madera y cuyo desembarque me correspondió vigilar. La barraca se hizo pequeña para almacenar tantos troncos por lo que se vio en la necesidad de arrendar una propiedad cercana.

Cuando volví a trabajar, en la barraca me encontré con algunos maestros antiguos aunque no estaba don Luis, el hombre que intentó emparejarme con su hijastra. Esos operarios, los antiguos, me saludaron con cierta distancia y me miraban socarrones. Yo no entendía por qué hasta que una tarde en la puerta de la barraca apareció Pedro Artigas, el amigo con el que antes compartía la habitación y con quien salí de parranda la noche en que me capturaron para embarcarme a la fuerza.

Al comienzo me desconcerté. Lo último que supe de él era que se preparaba para viajar a Santiago a asesinar a la pareja de su madre porque los maltrataba a ella y a él. Por eso había huido de esa casa y desde entonces fraguaba su venganza.

Desde la puerta me hizo señas con una mano y me acerqué a saludarlo:

—¿Qué haces por aquí, hombre, tanto tiempo sin saber de ti?

—Aquí estoy pues. Desde hace varios meses de regreso en Valparaíso —respondió.

—Esa noche que fuimos juntos al sarao, me enrolaron a la fuerza en la escuadra que partió al Perú. Pensé que te había ocurrido lo mismo, pero nunca te vi en la expedición.

—Cuando me di cuenta de lo que ocurría contigo y con otros, me escabullí de la cantina. En ese momento pensé que era la guardia la que andaba deteniendo a los ebrios. Después supe la verdad y me preocupé. De hecho esta es la quinta o sexta vez que aparezco por aquí, porque me imaginé que si regresabas a Valparaíso, volverías a trabajar con don Simón. Pero sería mejor que nos reuniésemos cuando termine tu jornada para conversar tranquilos. Tengo mucho para contarte.

—De acuerdo, ¿dónde?

—Te esperaré a la salida.

Concluida la faena me reuní con Pedro y conversando mientras caminábamos, nos dirigimos hacia la costa. Lo primero que hizo fue preguntarme por mis andanzas, me dijo que, desde que estaba de regreso en Valparaíso, cada vez que arribaba una nave de la escuadra partía a la barraca con la esperanza de encontrarme. Incluso visitó el hospital por si estaba entre los heridos. Aun así no se imaginaba que había participado en casi todos los hechos importantes de la expedición y expresó sentir una sana envidia por lo que me correspondió vivir.

—Aquí la vida sigue tan aburrida como antes. No hay emociones como las que narras.

Le relaté con algunos detalles que me parecían llamativos, los logros y fracasos de la misión, le expliqué que pese a que en un comienzo me sentí desesperado por mi reclutamiento forzado, muy pronto le comencé a tomar el gusto al mar y que luego, cuando me tocó combatir, sentí que desde siempre había estado hecho para eso, aun cuando escuchar las balas zumbando sobre mi cabeza me produjo mucho miedo. Le hablé del mayor Miller, del almirante Cochrane y de todas esas experiencias tan distintas a lo que había sido mi monótona vida hasta entonces. Cuando terminé ya anochecía, pero aun así le insistí que me relatara lo ocurrido a él durante ese año.

Partió contándome que viajó a Santiago decidido a matar a la pareja de su madre si continuaba maltratándola, para eso llevaba el cuchillo que comprara antes de mi partida y que aún conservaba oculto entre sus ropas.

Al llegar a casa encontró a su madre sola, lo abrazó y besó con mucho cariño porque pensaba que él estaba muerto en alguna parte. Luego le explicó que a su pareja la habían asesinado en un riña callejera en el sector del mercado, que para ella había sido un descanso y que no pensaba tener más hombres, porque todos creían que las mujeres eran como animales con los que se podía hacer lo que quisieran, incluso pegarles. Trabajaba como mucama en una residencia que daba pensión cercana a su casa y eso le permitía vivir con cierta decencia y mantener a los hermanos y medios hermanos que pululaban en la modesta vivienda.

Por los vecinos Pedro supo que su madre de día sí trabajaba de mucama, pero que de noche servía de dama de compañía a los viajantes. Algunas de sus vecinas reclamaron porque ellas debían hacerse cargo de los niños mientras su madre ejercía sus oficios, tanto diurnos como nocturnos. Algunas insistían en que él debía quedarse a cuidar a sus hermanos, lo que por supuesto no estaba en sus cálculos. Decepcionado, decidió abandonarla y regresar al puerto. Lo último lo dijo entre lágrimas, que percibí como una mezcla de pena y rabia.

Pero la mayor sorpresa me la guardó para el final.

—¿Recuerdas a don Luis, el que trabajaba en la barraca?

—Por supuesto, el que quería emparejarme con su hija…

—Y que yo te dije que te querían hacer pisar el palito.

—Así no más fue —respondí, riendo.

—Bueno, yo pisé el palito.

—¿¡Qué!?

—Que yo pisé el palito. Me emparejé con la Inés y está embarazada.

La noticia me dejó tan perplejo, que no supe qué decir. Debería felicitarlo, pero no atiné a hacerlo. En ese segundo me expliqué las miradas socarronas de los antiguos maestros de la barraca. Sin duda ellos estaban al tanto de esta noticia.

—¿Qué te pasa? —me preguntó— ¿Te molesta acaso?

—¡No, no!, cómo se te puede ocurrir. Es que es tan…sorpresivo, que no sé qué decirte. En todo caso Inés es una buena mujer y muy hermosa, además. ¡Te felicito! En verdad, los felicito a ambos.

Si alguna vez pensé en convertir a Inés en mi mujer, lo descarté porque la encontré tan anodina. Siendo bella, parecía no tener sabor a nada.

—¿Y cómo fue que ocurrió aquello? —pregunté, intrigado.

—Un poco como te pasó a ti. Luego que don Simón nos despidió, salimos a caminar con don Luis y hablamos de lo que haríamos para conseguir un nuevo trabajo. En medio de esa charla me invitó para su casa. Para nada asocié esta invitación con la que te hiciera a ti. Pero llegué a su hogar, me presentó a Inés y me dijo —delante de ella y de la señora Rosa— que le andaba buscando un marido decente, que tú la habías despreciado por encontrarla poca cosa y que él creía que yo era el más adecuado.

—¡Jamás dije eso! —interrumpí.

—Me lo imagino, pero eso creyó él. Y la verdad es que la niña es hermosa, pero en ese momento pensé que don Luis estaba como desesperado de deseos de deshacerse de ella. Me pregunté por qué sería. La cosa es que, como para ganar tiempo, le dije que tenía que viajar a Santiago para arreglar un asunto familiar, que me atraía la idea y que a mi regreso hablásemos de ello.

—Se está corriendo, igual que su amigo Félix —me respondió.

—Le juré que no, que me esperara un mes a lo más dos. De todas maneras me parecía extraño esto de negociar un romance con el padrastro de la novia. Pero bueno, pensé que la niña valía la pena y que por lo menos lo conocía a él, lo que era mejor que elegir una mujer en la calle para que me acompañase el resto de mi vida. Así que cuando regresé de Santiago fui una tarde a su casa y le dije que me gustaría conocer mejor a Inés. Es tímida, habla poco, pero le busqué el lado bueno al asunto.

—¿Y dónde vives?

—Don Luis construyó una habitación contigua a su casa y ahí estamos. Yo conseguí trabajo en una empresa que se dedica a embarcar mercaderías, pero don Luis no ha encontrado nada. Estoy manteniendo las dos casas y se me hace pesado. Tal vez podrías hablar con don Simón para que lo contrate de nuevo.

—Don Luis se fue muy enojado conmigo. Ni siquiera se quiso despedir, me dejó con la mano estirada.

—Sé que estaba molesto contigo, no solo por lo de Inés sino que además supuso que tú le pediste a don Simón que lo despidiera — acotó Pedro.

—¡Cómo se le puede ocurrir eso! Que no me atrajo la relación con su hija es una cosa y en la pérdida de su empleo yo no tuve nada que ver.

De todas maneras me comprometí a conversar con don Simón y quedamos de juntarnos la semana siguiente en el mismo sitio a la misma hora.

Episodio 2

EN LA CALETA DE LOS MEMBRILLOS

Desde mi regreso continuaba viviendo en la casa del fondo del sitio de los Muñoz, anexo a su casa y compartía con ellos casi todas las noches la cena, sin duda un privilegio. Después de comer nos quedábamos conversando. A doña Rosaura le gustaba escuchar mis historias de la guerra y aunque ya se me terminaba el repertorio, tenía que repetir una y otra vez algunos episodios. Don Simón relataba su viaje al sur y otras aventuras que había vivido en sus casi sesenta años.

En el intertanto don Vicente regresó a Santiago para continuar con sus asuntos, que en realidad nunca me quedaron muy claros pero poco me importaba. El joven era distinto a sus padres y aunque nunca tuve un entredicho con él, notaba un cierto rechazo hacia mi persona. Quizás eran celos por la cercanía que tenía con ellos o tal vez eran solo ideas mías. No lo sé.

Uno de esos días fui a visitar a mi mayor Miller al hospital y lo encontré muy entretenido conversando con una dama empingorotada. Vestía elegante, con sombrero. Se veía una mujer de alcurnia. No quise interrumpir y me fui sin que él se diera cuenta de mi presencia. Cuando, una semana después regresé al hospital, mi mayor ya no estaba. Pregunté y me dijeron que unos amigos se lo llevaron a su casa, que desconocían la dirección. Me imaginé que la dama de la visita anterior se había hecho cargo del herido. Sin duda ahí estaría mejor, lejos de las infecciones tan habituales en esos recintos.

Supuse que ya no vería más a mi amigo Miller, familiaridad que me permito en razón de la cercanía que alcanzamos cuando compartimos en la nave, aunque yo tenía muy claro que no era más que su ordenanza.

Una noche, durante la cena, me atreví a plantear a doña Rosaura y a don Simón la solicitud de Pedro, abogando por don Luis:

—Hace unos días me encontré con Pedro Artigas, el joven que trabajó acá y que alojó conmigo en la habitación del fondo de la barraca.

—No lo recuerdo— me dijo don Simón —han pasado tantos trabajadores por aquí…

—Quizás sí recuerdan cuando don Luis, el que cortaba con la corvina, me ofreció que me emparejara con su hija.

—¡Yo si lo recuerdo! —saltó de inmediato la señora Rosaura.

—Bueno, emparejó a su hija con el Pedro que les menciono. Don Luis está sin trabajo y Pedro me pidió que conversara con ustedes para ver si lo pueden recibir nuevamente.

—Sabes que en este momento estamos con todo el personal que necesitamos, pero si falta alguien, lo tendré en cuenta— respondió don Simón.

En cambio misia Rosaura fue más categórica.

—Recuerdo a don Luis y algo en ese hombre no me gustaba…

—Creo que es un buen hombre, tiene otros tres hijos además de la niña que se fue a vivir con Pedro. Necesita el trabajo —acoté en su defensa.

—Usted sabe, Félix, que la decisión final la toma Simón, pero ya di mi opinión —me respondió categórica misia Rosaura, lo que significaba que don Luis no volvería a la barraca. Además noté cierto malestar en la intervención de la dama, por lo que decidí dos cosas: no insistir y que no volvería a interceder por otra persona. Entendí que cada uno tiene que rascarse con sus propias uñas.

La situación de Pedro me provocaba cierta envidia. Eso de tener una mujer al lado me parecía que era lo mejor que le podía ocurrir a un hombre. Le tenía tanto miedo a la soledad como a los burdeles por lo de las enfermedades y sentía que necesitaba una compañera, quizás no tan desabrida como Inés, ni tan hermosa, pero con la que formar un hogar. Teresita Cuevas, mi amor imposible y casi infantil de Vichuquén se desvanecía cada día más en la memoria y no encontraba a alguien por quien reemplazarla.

Caminaba por las barrosas calles del puerto una lluviosa tarde de mayo cuando escuché un llamado. Giré la cabeza para encontrarme con una sonrisa que me pareció desconocida.

—Soy Remigio Pérez. Nos conocimos en el desembarco en Pisco. Yo curaba al mayor Miller…

—¡Remigio! Te ves tan distinto sin gorra, limpio y afeitado. En esos días todos parecíamos monos de tanta tierra.

—¡Así es! Pero yo te reconocí de inmediato. ¿Cómo has estado?

—¡Bien! Según recuerdo eras de Santiago y la familia de tu padre provenía de Vichuquén. A tu abuela la raptaron unos bandidos cuando esperaba a tu papá.

—Sí. Tienes buena memoria, Félix.

—¿Y qué haces acá? —pregunté.

—Lo mismo podría preguntarte yo.

—Bueno, antes de que me embarcaran yo ya trabajaba acá, en una barraca y ahora al regreso, me tomaron de nuevo.

—Yo estoy con unos pescadores en una caleta cercana que está rodeada de membrillos. Con ellos salgo todos los días a la mar y como saben que aprendí a curar enfermos durante la campaña al norte, a veces me busca la gente cuando me necesita. Con eso gano unos pesos más.

—Para conversar tranquilos, podíamos tomar alguna mistelita una de estas tardes. Yo invito la primera vuelta, aunque aquí no se encuentra ese aguardiente tan bueno que tomábamos en el Perú —le dije a mi amigo.

Antes de salir con Remigio me encontré con Pedro el día y a la hora acordada la semana anterior. Él fue acompañado de Inés, que se sentía más turbada que yo con este reencuentro, aunque ambos estábamos incómodos. Ya se le notaba el vientre abultado.

Caminamos por el borde costero junto a pescadores que desde la orilla tiraban lienzas, mientras otros incursionaban entre las rocas en busca de jaibas u otros mariscos.

Ahí le expliqué a mi amigo que mi jefe no tenía vacantes en ese momento y le mentí al asegurarle que si se producía alguna, yo lo buscaría para informarle y que si sabía de otro empleo, le avisaría. Me daba pena mentir, pero a veces decir la verdad es más terrible.

Unos días después nos reunimos con Remigio luego de nuestros trabajos y nos dirigimos, yo al anca en el caballo que él montaba, al sector de la caleta de los membrillos, a una cantina frecuentada por pescadores conocidos suyos. El ambiente era muy distinto a lo que había visto hasta ese momento. Los hombres bebían de preferencia cerveza, que yo no había tomado nunca y las presas de pescado frito crepitaban en sartenes de fierro colocadas sobre el fogón. Algunas mujeres, muy gordas la mayoría, servían las mesas y los pescadores tiraban sus manos entre las risas y los falsos pudores de ellas que los dejaban hacer.

En algunas mesas unos jugaban brisca o a los dados y un grupo disputaba partidas de un juego nuevo, traído por marinos franceses que llegaron a Valparaíso poco tiempo antes y que llamaban dominó. Eran unas fichas rectangulares de marfil con puntos negros. No lo jugué, porque al parecer solo existía un juego en la cantina y todos se disputaban el derecho a participar, aunque solo permitía cuatro competidores. Los gritos de las apuestas, las risas, el humo del fogón, de las pipas y el olor a pescado frito, hacían del ambiente algo muy especial que por supuesto no permitía conversar tranquilos, que era lo que yo buscaba.

Con Remigio salimos cuando ya la noche estaba avanzada. Me invitó a dormir a la habitación que rentaba cerca de la caleta. Era una pieza pequeña, lúgubre, que me recordó la que me cedió don Simón cuando empecé a trabajar con él. Nos iluminamos con una lámpara que funcionaba con aceite de ballena, que despedía un fuerte olor. En realidad, la vivienda eran varias piezas contiguas, separadas por unos inestables tabiques que permitían que se escuchasen los ronquidos y todos los ruidos emitidos por los vecinos. A pesar de eso, ahí pudimos charlar y nos contamos las peripecias vividas desde que nos separamos en el norte.

Dormí poco porque muy temprano el graznido de las gaviotas disputándose despojos de la pesca, me recordaron que comenzaba un nuevo día. Cuando abrí los ojos, mi amigo ya había partido a su trabajo.

Caminé mucho tiempo por la costa hasta arribar al barrio donde estaba la barraca de don Simón, que me miró con cara de reproche, pero no me regañó.

Cuando salí la tarde anterior iba con la idea de conocer a alguna niña con la que poder iniciar un romance, una relación que me permitiese poner fin a mi celibato forzado.

Mientras caminaba, pensaba que fue un error rechazar a Inés, era mejor eso que nada, pero ya no existía la posibilidad de la vuelta atrás. Ese día mi búsqueda no tuvo ningún resultado porque las mujeres que atendían la cantina, gordas y olientes a pescado frito, no resultaron muy atractivas. Lo positivo resultó conocer un mundo muy diferente, el de esos hombres de mar que desafían a las olas y los vientos para conseguir el alimento.

Episodio 3

LUCILA

El invierno fue lluvioso y frio. Pese a que misia Rosaura me procuraba frazadas de lana, por las noches el frío se colaba por las rendijas de los muros, el piso de tierra apisonada permanecía siempre húmedo por agua que escurría del cerro que estaba un poco más atrás y el techo de calaminas goteaba. Además, durante los días de tormenta el viento parecía querer llevarse todo con él, con un ruido infernal.

Desde hacía un tiempo misia Rosaura se quejaba de dolor de huesos, de constipación, de constante romadizo y decía que la tos no la dejaba ni dormir ni respirar bien. Bebía con frecuencia unas tizanas preparadas por ella misma con hierbas que compraba a una mujer de raza negra, la primera de ese color que había visto en este puerto y que en el Perú resultaban habituales. También bebía unos jarabes que preparaba la misma negra. Le escuché decir que usaba aguardiente, azúcar y hierbas machacadas, que dejaba macerar por un tiempo. Pero pese a eso, notaba que mi patrona adelgazaba porque comía poco, se encorvaba, las canas invadían con rapidez su pelo casi negro poco tiempo antes y era evidente que veía cada día menos, aunque tratase de disimularlo.

No sé si fue algo a los pulmones, al corazón o qué, pero un día, a finales de junio, misiá Rosaura amaneció muerta. Sin ser médico, pienso que su cuerpo no resistió el frío y la humedad del invierno. Don Simón lloró mucho a la compañera de toda su vida y yo, que en ausencia de otros parientes me había convertido en alguien casi como de la familia, intentaba consolarlo. Pero era en vano.

Me correspondió hablar con los carpinteros de la barraca para que fabricaran un ataúd y se esmeraron en hacerlo rápido y con unos adornos tallados por uno de ellos que lo dejaron muy bonito. No eran muchos los ataúdes que había visto, en mi pueblo bastaba con una mortaja, pero éste me pareció hermoso. Lo forraron con una tela blanca en su interior y doña Rosaura parecía estar durmiendo después de que una amiga de ella, vecina del sector, la vistió y le puso colorete en las mejillas. También ayudé a depositar su cuerpo dentro del cajón.

Para el funeral viajaron sus cuatro hijos desde Santiago, que llegaron una semana después, cuando el cuerpo de la santa señora comenzaba a heder, pese a que todo los días ponían flores frescas a su alrededor. La enterraron al costado de una iglesia. Durante todo ese tiempo la barraca permaneció cerrada.

Victoria, una hija de don Simón que yo no conocía, le sugirió a su padre que se fuese con ella a la capital y que cerrara definitivamente la barraca. Escuché la conversación porque, salvo don Vicente, el hijo que reemplazó a su padre durante el viaje, los otros no sabían quién era yo y hablaban sin tapujos en mi presencia, casi como si no existiera. Don Simón se negó de plano. Le dijo que esa barraca era su vida y que iba a salir de ahí igual que su mujer, directo al camposanto y en un cajón igual al de ella, que ya había encargado a los carpinteros. Quizás por la partida de su mujer, el anciano presentía su muerte cercana y tomó la precaución de dejar todo listo para la ocasión. O tal vez era lo que deseaba, reunirse pronto con ella.

Frente a la férrea decisión de su padre, a misia Victoria no le quedó más que buscar otra solución y regresó a los pocos días con una muchachita que tendría unos quince años y que se llamaba Lucila. Yo la había visto porque era hija de la mujer que vendía verduras puerta a puerta en un carretón de mano, a la que seguían varios hijos descalzos, moquillentos y vestidos de harapos. Quizás por su aspecto tan deplorable, la muchachita nunca llamó mi atención.

Lucila, bañada, desparasitada y vestida con ropas de misia Rosaura que, por instrucciones de doña Victoria una modista del barrio acomodó a su tamaño, se quedó para asear la casa, cocinar para don Simón y sin saberlo en ese momento, se quedó para ser mi compañera. No era tan hermosa como Inés y muy delgada, pero con ropas buenas, limpia y una vez que se fue soltando, resultó ser una niña muy simpática, a la que le gustaba conversar. A veces entraba a la barraca, pero don Simón se lo prohibió, porque dijo que desordenaba el personal. Yo haciéndome el leso, le hablé de mis aventuras en la guerra y eso llamó su atención. Ligerito la tenía durmiendo conmigo en la pieza del fondo. Pese a su edad y a su delgadez, tenía sus formas y en verdad su cuerpo tibio despertaba toda esa pasión reprimida desde hacía tanto tiempo. Claro que teníamos que madrugar para que regresase a su cama antes de que don Simón se diera cuenta.

Lucila no era ninguna inexperta en cosas del amor. En la cama se desempeñaba con bastante destreza, mucho mejor que mi tía Eulalia, diría yo. Por parecerme una indiscreción, luchaba por no preguntarle dónde había aprendido a hacer felices a los hombres, pero un día, después de una sesión inolvidable, no resistí más y se lo pregunté. Ella, que era muy locuaz, me contó que desde muy pequeña su madre la vendía a marinos y comerciantes que llegaban al puerto. Me dijo que la había adiestrado una amiga de su madre a la que llamaban "La Morisca", que ella le había enseñado a moverse y a hacer todo aquello que practicaba conmigo y que me dejaba casi sin aliento.

Claro que después de su relato quedé con la sensación de que la niña estaba pringada, pero ya no había vuelta atrás. Si me había infectado, no tenía nada más que hacer que seguir algún tratamiento, que ni siquiera sabía si existía. Y si ya estaba enfermo, no sacaba nada con privarme de los placeres que me provocaba.

Al parecer, Lucila estaba sana, porque nunca tuve problemas derivados de mis noches con ella. Cuando me uní a otra mujer, algunos años después, lo hice con la preocupación, no solo por esta niña, sino por todas las que pasaron por mis brazos antes de emparejarme. Tuve suerte pues ninguna me contaminó.

Pero no me duró mucho la compañía de la novia. Hacia finales de julio fui al puerto para recibir unas maderas que le llegaban a mi patrón y observé que gran cantidad de naves se reunían frente a la bahía. En los días siguientes me fijé mejor y pude ver que cada vez más mástiles apuntaban al cielo y que paulatinamente aumentaba la cantidad de hombres deambulando por la ciudad. Pregunté a uno de los estibadores y me dijo que había escuchado decir que se preparaba una nueva expedición al Perú y que en Quillota se estaba reuniendo un ejército.

No perdí el tiempo y caminé hacia la Escuela de Jóvenes Guardiamarinas, donde esperaba me pudiesen dar información. Quizás por mi aspecto, vestido con mis ropas de trabajo, al principio no me trataron muy bien, pero cuando les dije que había participado en la toma de Valdivia junto al mayor Miller y que con él podían averiguar sobre mí, cambiaron y preguntaron dónde encontrarme. Previo a eso, me hicieron llenar un papel con mis datos y agradecí que había practicado la lectura y la escritura, porque con lentitud pude completar todo el documento, incluida la dirección de la barraca de don Simón, para que ahí me buscasen. La letra no era de la mejor, pero entendieron lo escrito. Esa fue la primera vez que firmé un documento con mi nombre y una rúbrica que improvisé. Cuando pedí mayores detalles de la expedición, me respondieron que eran secreto de estado y que si quería luchar por Chile, tenía que respetar esa condición y no preguntar, cosa que me llamó la atención porque a mí poco me costó averiguar por qué se reunían esas naves, tanta gente en el puerto y lo del ejército en Quillota. El secreto solo estaba en el papel, no en la calle.

Regresé muy feliz a la barraca y esa noche lo pasamos muy bien con Lucila, a la que no le quise decir que quizás muy pronto zarparía en busca de nuevas aventuras.

A inicios de agosto aún no tenía novedades, lo que aumentó mi inquietud. Llevaba días esperanzado en que me viniesen a buscar para embarcarme y temiendo no haber sido seleccionado, no le decía nada a don Simón para no quedarme sin pan ni pedazo, porque tal vez el viejito, si le contaba que me iba, me echaba de la casa del fondo en la que lo pasaba tan bien en las veladas con mi novia y no tendría dónde vivir.

Tal como me ocurrió con Teresita Cuevas en Vichuquén cuando iba a partir con la caravana de los cueros, la posibilidad de quedarme con Lucila me llevó a cuestionar mi decisión, pero en el corazón sentía con tanta fuerza el llamado del mar, de la aventura, de la gloria, que no me quedó más que decirles a ambos que, si aparecían los reclutadores, los abandonaría para regresar al océano.

Contrariamente a lo que esperaba, don Simón me felicitó. Dijo que si tuviese treinta años menos no dudaría en embarcarse.

—De joven, cuando vivía en Concepción, me tocó luchar contra los indios y sé bien lo que es la emoción del combate. Es cierto que luego opté por el comercio, me casé, formé familia, pero nunca olvidé mis días de soldado.

Con Lucila la cosa fue distinta. Se lo dije después de tener sexo y se puso a llorar, diciendo que yo era el primer amor de su vida, que por eso se había entregado a mí y que no esperaba tanta ingratitud de mi parte. No hallaba cómo consolarla hasta que en un momento salió rauda rumbo a su cuarto, semi desnuda y envuelta en lágrimas. Me dejó muy abatido y cuestionando mi decisión.

Por la mañana le sirvió el desayuno a don Simón y a mí casi me tira una paila con huevos y un pan. El anciano observó la situación sin decir nada y cuando ella salió del comedor, me dijo:

—Hace varios días que me di cuenta de lo que ocurre entre ustedes y no quise intervenir porque, si ella hace su trabajo y tú el tuyo, me da lo mismo. Me imagino que no le agradó la idea de tu partida…

Me sentí como un ladrón atrapado en plena faena y solamente lo miré con cara compungida.

—Muchas veces en la vida, hijo, hay que elegir. Lo malo es que casi nunca se sabe hasta después si la elección fue la correcta. Ahora, si de estos encuentros entre ustedes ella ha quedado embarazada, no sé cómo te avisaré que serás padre, pero yo cuidaré de ambos hasta tu regreso —fue su comentario, que agradecí con una sonrisa culpable.

Dos días después de estas charlas, cuando regresé al trabajo en la barraca aparecieron dos marineros preguntando por mí. Me citaron para que al día siguiente estuviese con mis pertenencias a primera hora en la Escuela de Jóvenes Guardiamarinas. Ahí me confirmaron algo que ya sabía desde hacía tiempo. Nuestro destino era el Perú.

Durante la cena de esa noche me despedí de don Simón, que me abrazó deseándome suerte y diciendo que mi puesto de trabajo me esperaría hasta el regreso. Yo, muy emocionado, no pude contener las lágrimas.

Estaba resignado a dormir solo esa noche, pero no fue así. Lucila se metió en mi cama sin decir palabra y al amanecer, después de darme un largo beso, se retiró a su cuarto. Tampoco dijo ni una palabra.

Episodio 4

RUMBO A LA GUERRA

Salí antes de que comenzara la actividad de la barraca y con ninguno de mis compañeros de trabajo hablé sobre lo que haría. Solo lo comenté con mi amigo Remigio, que también fue a la Escuela de Jóvenes Guardiamarinas con el ánimo de incorporarse a la escuadra, donde, al igual que yo, fue bien recibido.

Por mi experiencia en combate, me asignaron el grado de sargento, lo que me asombró pues pusieron bajo mi mando un grupo de treinta marineros que terminaban su instrucción. Me dijeron cuánto iba a ser mi paga, que se haría efectiva con la caída de Lima, me entregaron el uniforme, zapatos, advirtiéndome que todo sería descontado de mi paga, así que tenía que cuidarlos.

Por lo que supe después, no todos los que quedaron bajo mi mando eran novatos, los hubo que también lucharon en batallas pasadas. Jamás entendí por qué a mí me eligieron para el cargo, tal vez influyó el mayor Miller. Nunca antes fui responsable de un grupo de personas, pero pensé que si repetía aquello que había visto en mis superiores durante la campaña anterior, tendría que resultar bien. Y así lo hice.

El día 13 de agosto de amanecida me avisaron que mi barco, el *Araucano*, zarparía antes que el resto de la flota para escoltar a un transporte que viajaba a Coquimbo, donde embarcaría otra unidad de infantería. Les entregaron los uniformes a los marineros, les dijeron cuánto sería su salario, también pagadero luego de la caída de Lima y les hicieron la misma advertencia respecto de la vestimenta. Concluidos los trámites, mi batallón se trasladó al puerto, desde donde nos embarcaron en unos botes. A cada uno de mis marinos le pasaron un remo para acercarnos a la nave que nos aguardaba a la gira. El *Araucano* era uno de los barcos más pequeños de la escuadra pues solo tenía dieciséis cañones y estaba al mando del capitán Tomás Cárter.

A bordo todo era un caos, con botes que a cada instante se acodaban para embarcar más y más tripulantes que buscaban donde instalar sus hamacas y las pocas pertenencias que se nos permitía llevar. Al final, cerca de 110 hombres completamos la dotación de la nave, que quedó lista para zarpar.

Todo fue tan repentino que no pude averiguar en qué nave embarcó mi amigo Remigio, como tampoco pude saber si el mayor Miller se había recuperado de sus heridas y formaba parte de la expedición.

Tiempo después, conversando con otros marinos que estuvieron presente ese día, supe que el 20 de agosto todo Valparaíso se volcó a la costa y a los miradores para contemplar un espectáculo que quizás nunca se volvería a ver y que ni el general O'Higgins se quiso perder pues estaba observando la partida desde uno de los cerros que rodean al puerto. Eran más de veinte naves prestas para zarpar, todas engalanadas y las de guerra, preparadas para la batalla, sin duda la más importante que le había correspondido hasta ese momento a Chile como nación independiente. La lucha por liberar al Perú del yugo español.

En mi primer día de navegación el capitán Carter nos citó a todos los sargentos y otros oficiales a su camarote y ahí nos dio las instrucciones. También nos dijo que teníamos que estar atentos porque se sabía de naves realistas que merodeaban por la costa chilena, pues sospechaban que se preparaba un nuevo ataque a El Callao. Cuando reuní a mi grupo para repetir las órdenes, observé que muchos de los marineros no sabían a qué íbamos, no entendían lo que era pelear por Chile, algunos ni siquiera tenían muy claro qué era Chile o Perú, por lo que tuve que explicar la razón de nuestro viaje, qué significaba para mí ser chileno y aleonarlos para entrar en combate cuando fuese necesario. Terminé mi alocución gritando con vehemencia ¡viva Chile! y todos corearon mi arenga. Para mí, que como he explicado no era hombre de muchas palabras, fue una prueba de fuego que creo haber aprobado. A partir de ese momento me convertí en un verdadero padre para estos jóvenes que muchas veces acudieron a mi hombro para llorar sus penas, que casi siempre eran similares a las mías y que no tenía con quien compartir.

Desde este punto de vista, extrañaba al mayor Miller.

Como ya lo dije, la escuadra estaba al mando del almirante Cochrane, que viajaba en la *O'Higgins,* reparada después de haber encallado en la isla Quiriquina. A cargo de las tropas que lucharían en tierra viajaba el general cuyano José de San Martín, que había peleado con sus tropas por la independencia de Chile. Lo hacía embarcado, junto a su estado mayor, en el buque que tenía su nombre, de 64 cañones, el más grande y mejor artillado de la flota.

La misión de la marina era, en principio, resguardar la gran cantidad de transportes en los que viajaban los soldados, que según lo que pude escuchar, eran más de cuatro mil. Yo pensaba que la mayoría de ellos provenían de allende los Andes, pero luego supe que muchos de los infantes eran chilenos. Nuestra otra tarea sería, una vez más, bloquear El Callao para impedir el abastecimiento y la llegada de refuerzos a la capital del virreinato.

Nosotros, los tripulantes de las naves de guerra, éramos más de mil seiscientos, con gran mayoría de chilenos, aunque casi toda la oficialidad eran ingleses o estadounidenses. También los había argentinos, españoles enemigos de la monarquía y unos pocos de otras naciones que, por diversas razones estaban varados en Valparaíso al momento del reclutamiento y que prefirieron embarcar antes que permanecer inactivos en el puerto.

La primera labor que desempeñé fue comenzar a preparar a los nuevos reclutas que me fueron asignados y para eso repetí los mismos ejercicios que, un año antes, debí hacer yo cuando me capacitaron para la lucha. Claro que antes de comenzar, tuve que esperar a que se repusiesen del mareo varios de aquellos que por primera vez pisaban la cubierta de una nave. Quizás porque me traía malos recuerdos, no quise averiguar si entre los tripulantes existían algunos embarcados a la fuerza, como me ocurriera en mis inicios, pero supongo que si faltaba contingente, habrán acudido a los mismos métodos. En todo caso no escuché a nadie en el *Araucano* reclamar por eso.

Durante mis cavilaciones luego de terminadas las labores diarias, me decía que esta misión debería ser breve, no más de uno o dos meses, porque si solo escoltaríamos a los transportes hasta dejar en tierra a los soldados del general San Martín, no tenía sentido que permaneciéramos por más tiempo en la zona. Pero como tantas otras veces, me equivoqué en mis apreciaciones.

El primer problema que trascendió, pese a los intentos de la oficialidad para que eso no ocurriera, fue la compleja relación entre las dos cabezas de la expedición. Todos supimos de las dificultades entre Cochrane y San Martín que, por lo que se comentaba, se originaron mucho antes del zarpe de la expedición. Algunos aseguraban que el almirante había presentado su renuncia, que O´Higgins se la rechazó y que a San Martín no le quedó más que aceptar porque era el

Gobierno de Chile el que financiaba todo. Se decía que las autoridades cuyanas, que habían prometido colaborar, al final no aportaron ni un duro y que fueron hombres de capital chilenos los que se pusieron con el dinero.

En estas circunstancias, mi idea de que nos teníamos que limitar a dejar las tropas en territorio peruano, bloquear El Callao hasta la caída de Lima y zarpar de regreso a Chile cobraba más fuerza, porque mientras antes regresásemos, menos oneroso sería para mi país la excursión. Además que antes recibiríamos nuestra paga, sujeta a la caída de la capital del virreinato. Claro que mi punto de vista no le importaba a nadie.

Porque en una nave pequeña todo se escucha, oí al capitán Carter decir que el almirante había propuesto que la armada atacara directamente Lima mientras las tropas de tierra desembarcaban en las cercanías, pero que San Martín era de la idea de tocar tierra no tan cerca de la capital y presionar al gobierno virreinal para que entregara el país sin luchar. Ninguno de los que estábamos a bordo compartía las ideas del cuyano. Todos opinábamos que nadie entrega un país sin defenderlo y los que habían peleado por Chile aseguraban que se necesitaron muchos años de batallar para consolidar la independencia. Pero tal como lo dije antes, la opinión de la tropa carece de todo valor, por lo que no nos quedaba más que acatar las instrucciones del alto mando.

Nuestra detención a la gira frente a Coquimbo, escoltando a la nave de transporte que abordaría el contingente que esa ciudad aportaba al ejército, duró dos días. Luego zarpamos para esperar al resto de la escuadra y continuar en conserva hacia el norte. El capitán Carter tenía estas instrucciones, con el fin de evitar el riesgo que significaban dos naves solitarias navegando en aguas donde se podían topar con el enemigo, que poseía embarcaciones mucho más poderosas que el pequeño *Araucano*. Además sabíamos de naves corsarias que, al alero de España, capturaban embarcaciones chilenas para dificultar el comercio.

Cuando nos unimos al resto de la flota pude apreciar la magnitud de ésta. Eran incontables la cantidad de velas que contrastaban contra el cielo celeste de ese día de invierno. Y eso que faltaban algunas naves que los vientos y el distinto andar habían separado de la escuadra. Continuamos viaje hacia el norte sin novedad, para anclar, el 8 de septiembre, frente a un puerto llamado Paracas.

En la playa del poblado divisamos un pequeño contingente de tropas realistas que, al percibir el tamaño de la flota, decidieron abandonar el lugar, por lo que el desembarco se produjo sin contratiempos.

Episodio 5

EN SUELO PERUANO

La mayoría de las naves de guerra permanecimos en las afueras de la bahía, cubriéndoles las espaldas a los transportes mientras descendían los soldados, que muy pronto seguían camino rumbo a Pisco, la localidad en la que en nuestro viaje anterior tuvimos que luchar contra las fuerzas del rey para conseguir alimentos y donde el capitán Guise, a raíz de los excesos que se cometieron, hizo destruir miles de barricas conteniendo el delicioso aguardiente de la zona.

Al *Araucano*, junto a otras naves, nos enviaron a bloquear Pisco para cubrir la llegada de San Martín y las tropas de tierra. Tres días tardó el desembarque, mientras los marinos, en su mayoría, permanecimos en el océano atentos para dar apoyo a las fuerzas de tierra por si eran atacados por los soldados realistas, lo que nos hubiese gustado, pero no ocurrió. Todos estábamos deseosos de entrar en acción, sin embargo, a la espera de nuevas instrucciones, estuvimos estáticos bastante tiempo.

Para comunicarnos entre las naves de guerra usábamos un sistema de señales con banderas que enseñó un oficial de los Estados Unidos, de apellido Delano, que se contrató en la escuadra. Pero esas señales eran desconocidas por los barcos de transportes, resultando imposible la comunicación con ellos a la distancia, lo que a veces se convertía en un problema, porque el único otro medio conocido eran las trompas de latón que amplificaban la voz. Pero era necesario acercarse bastante y con mar picada o con viento, eso podía resultar peligroso. Por lo tanto, las naves de transportes debían seguir a las de guerra y tratar de no separarse del convoy.

Mientras estábamos frente a Pisco, el capitán Carter me citó a su camarote:

—Núñez, lo he elegido para que su grupo pase a formar parte de una unidad que deberá estar preparada para combatir en mar y en tierra. Ustedes serán la punta de lanza en los futuros desembarques. Cada nave tendrá un equipo similar, así que no será necesario abandonar el *Araucano*. A este equipo se le ha dado el nombre de Tropa de Marina.

—¡Muchas gracias por elegirme, mi capitán! Me correspondió participar en la toma de los fuertes en Valdivia y con mi mayor Miller fue la estrategia que aplicamos, por instrucciones del almirante Cochrane.

—Lo sabía y por eso lo escogí. Desde mañana descenderán a tierra junto a su grupo para iniciar ejercicios que los capaciten para esa lucha. Un oficial, que enviarán desde otra nave, estará a cargo de la preparación.

—¡A su orden, mi capitán!

Así fue como nuevamente pisé la playa de Pisco, ahora sin balazos volando sobre mi cabeza. Desde muy temprano nos hicieron correr, ocultarnos tras las rocas o montículos de arena, simular combates cuerpo a cuerpo contra enemigos elegidos entre nuestros propios aliados.

Cuando nos llamaron para el rancho, caminamos hacia unas carpas donde tuve la tremenda sorpresa de encontrarme con mi mayor Miller. Nos abrazamos como viejos camaradas y él, pese a tener una mesa preparada junto a los demás oficiales, prefirió sentarse a mi lado, sobre una roca, donde conversamos contándonos todo lo ocurrido desde la última vez que nos vimos cuando él estaba en el hospital San Juan de Dios en Valparaíso.

Le conté que lo visité un día en que estaba muy bien acompañado por una dama, que no lo quise interrumpir y que regresé una semana después, cuando ya no estaba hospitalizado. Me respondió que gracias a los cuidados de esa familia su mejoría fue mucho más rápida y eso le permitía estar ahora en la expedición.

Me atreví a sugerirle que podía solicitar mi traslado a su nave, que en realidad no recuerdo cual era, pero me dijo que, en vista de mi actual cargo, para mí sería perjudicial. Sin embargo me aseguró que seguiríamos juntos en algunos desembarcos pues él también pertenecía a la misma unidad.

Transcurrían los días con una inactividad capaz de doblegar al más flojo de los mortales. Nosotros, los afortunados que bajábamos a la playa todos los días para los ejercicios, por lo menos teníamos algo que hacer, pero en las naves, el encierro aumentaba el malestar entre los tripulantes.

En un posterior encuentro con Miller me confirmó los rumores; el general San Martín quería lograr la rendición del Perú por las buenas, sin combatir y para eso mantenía reuniones con la jerarquía peruana. El problema era que los días pasaban, Lima no se rendía, los salarios no llegaban y la inquietud entre los tripulantes iba en aumento. En el *Araucano*, donde éramos pocos, era fácil escuchar los reclamos, sobre todo de los más antiguos.

En Pisco, entre las tropas de tierra la cosa no se veía mejor. San Martín viajaba con frecuencia a reunirse con las autoridades del virreinato pero para nosotros nada cambiaba, hasta un día que comenzó el movimiento y un millar de soldados, al mando de un oficial de apellido Álvarez de Arenales, comenzó la marcha hacia el interior del país. Quise obtener detalles de esa incursión, pero nada pude saber.

Pocos días después, el 23 de octubre, cuando llevábamos un mes y medio paralizados, recibimos instrucciones de no descender a tierra pues comenzaría el embarque de las tropas en los transportes para trasladarlas a un destino que no nos fue comunicado, pero uno de mis subalternos, que aprendió por las de él a leer el código que se usaba entre las naves, supo que íbamos a Lima. Todos pensamos que por fin se iniciaría la invasión, que nos pagarían nuestro dinero y que la misión estaba próxima a concluir. No fue sino otro error de apreciación.

Zarpamos para anclar toda la flota frente a El Callao, a una distancia prudente que evitara el fuego de los cañones de sus fortalezas. Yo, sin ser experto, deduje que se pretendía intimidar al enemigo, que San Martín insistía en su política de hacer caer Lima sin disparar un tiro. Esta vez no me equivoqué.

Permanecimos varios días frente al puerto peruano en una situación que se hacía cada vez más insoportable, más ahora que todas las naves, de guerra y transportes, permanecían ancladas. Salvo algunos botes que descendían para llevar o traer conferenciantes al puerto y otros que se acercaban a las bordas trayendo alimentos frescos de caletas cercanas, nada se movía en el mar.

Los primeros días de noviembre el capitán, junto a los de las otras naves, fue citado a la *San Martín* para recibir instrucciones. Por supuesto que nuestra especulación fue que por fin asaltaríamos Lima. Nueva decepción.

Por lo menos al *Araucano* y a otras naves nos dieron instrucciones de iniciar viaje para escoltar a los transportes hacia un puerto de más al norte. Viajaríamos bajo las órdenes del general San Martín porque el almirante Cochrane, con las fragatas *O'Higgins, Independencia y Lautaro,* mantendrían el bloqueo de El Callao.

Este viaje me significó estar ausente en uno de los sucesos más épicos de esta campaña, pero que les relataré porque lo escuché de primera fuente, referido con detalles, por Beltrán Pardo, un compañero de armas que participó en él.

Episodio 6

CAPTURA DE LA ESMERALDA

Beltrán Pardo era oriundo de Chillán, sargento como yo y camarada en Tropas de Marina, aunque él navegaba en la *Independencia*. Me narró, con mucha pasión y detalles como dije, que el día 4 de noviembre, mientras nosotros enfilábamos hacia el norte, el capitán de su nave los hizo formar a todos en cubierta y les preguntó:

—¿Quiénes se ofrecen de voluntarios para una misión peligrosa?

—Todos fuimos una sola voz para responder ¡YO, mi capitán! — señaló Beltrán.

Desde aquí en adelante prefiero traspasar la pluma a mi amigo, al que dejé de ver hace muchos años y que quizás ya resida en el camposanto, pero de quien jamás he olvidado su apasionada relación de los hechos. Será él, por mi intermedio, quien nos relate, con la fuerza que solo le puede dar aquel que ha sido testigo, esta historia que he repetido muchas veces mientras ejercí como profesor y en tertulias de amigos. Una historia que por su audacia, resulta increíble para muchos:

"Tanto voluntario obligó al capitán a seleccionar un grupo, en el que por supuesto se incluyó la totalidad de los miembros de las Tropas de Marina, más otros, hasta completar sesenta integrantes de nuestra nave. A todos se nos entregó una blusa blanca con una cinta azul que debíamos

atar en el antebrazo, lo que nos identificaría frente a marinos enemigos que vistiesen del mismo color.

Mientras continuábamos formados en cubierta, el capitán nos leyó una proclama enviada por el almirante y que en resumen decía que la misión consistía en entrar a El Callao en botes a remos, de noche, en completo silencio, para abordar, inicialmente a la fragata Esmeralda, que al caer este barco, en lugar de gritar "viva Chile", debíamos gritar "viva el Rey", para confundir al enemigo. Que una vez logrado ese objetivo y aprovechando el desconcierto reinante, teníamos que saltar a la siguiente nave y así sucesivamente, hasta capturar, ojalá, toda la flota virreinal refugiada en el puerto, que según cálculos, sumaban una decena. A los barcos mercantes de bandera española, dejarlos a la deriva y prender fuego a algunas embarcaciones menores para aumentar la confusión, evitando que flotaran hacia naves extranjeras ancladas en el puerto.

Escuchábamos perplejos estas instrucciones. A muchos nos parecía más que peligrosa, una operación suicida, exceptuando a los oficiales y marineros que ya habían combatido junto al almirante y conocían su principio: la sorpresa es la clave del triunfo. Pero no dudo que también tenían miedo.

Durante la tarde de ese día continuaron repitiéndonos las órdenes para que cada uno las memorizase como si fuese el nombre de su madre. El resto de los tripulantes, los que permanecerían a bordo, fueron los encargados de preparar el armamento y de envolver los remos con trozos de velamen viejo, para disminuir el ruido de las paletas al sumergirse. La noche previa al abordaje, amparados en la carencia de luna y en la niebla, nos embarcamos en los botes y tuvimos que remar alrededor de nuestra nave, hasta dominar la técnica de hacerlo acompasados y en silencio.

Poco antes de iniciar la operación nos leyeron una nueva proclama del almirante exhortándonos a luchar y ofreciendo como premio el producto de nuestra aventura.

La noche del día 5 de noviembre, alrededor de las diez, comenzamos a embarcar en los botes. En total, entre las tres naves, fueron catorce botes que portaban unos 250 marineros y oficiales empeñados en la mayor aventura de nuestras vidas; ingresar en la jaula de la leona para robarle sus crías.

Dos hileras de siete botes cada una iniciamos el acercamiento hacia la Esmeralda, que evidentemente no esperaba este ataque. El silencio era tal, que cualquier ruido se multiplicaba, aumentando la tensión. Todos íbamos anhelantes, sabiendo que una mala maniobra, un ruido diferente, una tos, podía delatarnos y abrir las puertas del infierno.

La mitad de los botes se acercó por babor y nosotros, dirigidos por el capitán Crosbie y embarcando al propio almirante Cochrane, por estribor. El nerviosismo se podía sentir en cada uno, que tratábamos de controlar nuestra respiración agitada. Con una noche oscura como boca de lobo, podíamos distinguir las siluetas de las naves recortadas contra la pobre luz de los fanales.

Una vez que estuvimos acodados a las bandas de la fragata nos dieron la orden de abordar. El primero en hacerlo por nuestro lado fue el almirante que, al asomar la cabeza por la borda, fue descubierto por un centinela que lo golpeó con la culata de su arma en la cabeza, haciéndolo caer de regreso al bote. Pero se levantó y escalando como un gato por los cordajes, encañonó al centinela cuyo aviso, al parecer, no fue escuchado por la tripulación dormida. Algunos de nuestros marinos se encaramaron a las cofas y desde ahí mantuvieron a raya a los tripulantes españoles que despertaban de su sueño en forma abrupta e intentaban llegar a las armas. Algunos lo lograron y dispararon sus fusiles y pistolas. Otros

Así concluye el relato de mi amigo Beltrán Pardo, que de tanto repetirlo, logré memorizarlo y lo guardo en mi mente como un recuerdo imperecedero, que no morirá conmigo porque quedará grabado en estas páginas. Igual que el recuerdo de este amigo

En cuanto a la actitud de Guise, no me extrañó. Fui testigo durante la campaña anterior cuando él con su colega Spry querían dejar abandonado al almirante en Guayaquil, que andaba en el interior del río Guayas persiguiendo a la *Prueba*.

En lo concerniente a nuestra misión, primero íbamos a escoltar a las tropas para que desembarcaran en Ancón, pero a última hora el general cambió de opinión, continuamos más al norte y anclamos frente Huacho, un pequeño puerto contiguo a Huaura, un villorrio a veinticinco leguas al norte de Lima. Para nosotros, que esperábamos que las tropas de tierra atacasen la capital, esto de alejarse en lugar de acercarnos al objetivo resultaba confuso. Incluso los oficiales de la nave lo comentaban entre sí. ¿Cuándo iba el general San Martín a atacar Lima?

Episodio 7

OTRA LARGA ESPERA

Cuando llegó a Huaura la noticia de la captura de la *Esmeralda*, todos estallamos de júbilo. Ahora sí que Lima, sin la protección de su mejor nave, sería presa fácil. Pero las incomprensibles estrategias del general decidían otra cosa.

Algunos de nuestros compañeros, que por diversas circunstancias estuvieron en algún momento cerca de San Martín, aseguraban que estaba enfermo, que se veía débil y uno de ellos, que escoltó a un oficial a una reunión, dijo que lo vio vomitar sangre.

A partir de ahí muchos rumores circulaban respecto de José de San Martín, su salud, su temperamento y sus cambios de decisiones. En algún momento escuché decir que el medicamento que tomaba para unos dolores que lo aquejaban, alteraban su buen juicio y era la causa de sus vacilaciones. Desconozco si eran verdaderos estos comentarios.

Luego de la captura de la *Esmeralda* supimos que el general ofreció un premio de cincuenta mil pesos para los que participaron en esa acción. Nosotros nos preguntábamos, "si no nos pagan nuestros salarios hace meses, ¿de dónde sacará los duros para pagar el premio? Y si los duros están ¿por qué no nos pagan?".

Después aclararon que la promesa de ese pago también estaba sujeta a la captura de Lima, pero si permanecíamos inactivos ¿cuándo iba a caer Lima?

De lo otro que se hablaba mucho era de si acaso la decisión de capturar el barco virreinal fue solo del almirante o si también estaba en conocimiento de San Martín. Entre nosotros, los marinos, luego de ser testigos de las indecisiones del general, predominaba la idea que Cochrane actuó por cuenta propia.

El 27 de noviembre, cuando llevábamos casi un mes de inactividad frente a Huacho y la impaciencia nos tenía con los genios alterados, con riñas cotidianas a bordo por las razones más estúpidas, los oficiales nos despertaron más temprano y nos hicieron vestir con lo mejor que teníamos. La verdad es que a estas alturas nuestras ropas estaban en estado calamitoso. Casi un año usando lo mismo, lavándolo con frecuencia para ahuyentar piojos, pulgas y liendres, arrastrándonos por la tierra en algunas batallas o en los ejercicios, tenían más el aspecto de andrajos que de vestimentas. De igual forma nos bañamos y vestimos con la mayor gallardía posible porque nos dijeron que asistiríamos a un acontecimiento histórico.

En la pequeña plaza de Huaura y frente a una casona con un hermoso balcón, nos formamos tanto soldados como marinos y algunos peruanos integrantes de las guerrillas que desde hacía tiempo luchaban desde la clandestinidad contra el gobierno español. Los pobladores del sector asistían curiosos a lo que estaba por ocurrir. En un momento apareció en el balcón el general José de San Martín y Matorras, vestido con sus mejores galas y en un discurso declaró la independencia del Perú, despertando las expresiones de alegría de los soldados de tierra y de parte de la población. Al observar los rostros impasibles de otros espectadores, sobre todo los indígenas, tuve la impresión de que la mayoría no sabía a qué se refería el general con esto de la independencia, aunque cuando aparecieron comidas y bebidas, no dudaron en unirse a los festejos.

Nosotros, que aplaudimos con mesura, nos mirábamos intrigados porque hasta donde sabíamos, Lima no había sido capturada y los realistas continuaban defendiendo su capital. Salvo que mi almirante Cochrane, en otra de sus osadas maniobras, hubiese logrado tomar la ciudad y el resto de la flota no lo supiera.

Pero no era así. Lima y todo Perú, excepto Huaura, seguían en las manos del rey de España, que los gobernaba desde hacía tres siglos.

Concluidas las celebraciones regresamos a las naves, a la monotonía y a las carencias, porque la munición de boca escaseaba desde hacía tiempo. Eso nos obligaba efectuar incursiones a los distintos puertos del litoral peruano para obtener alimentos. A veces se conseguían por las buenas, explicando a los campesinos que luchábamos por la libertad de su patria, pero en muchas ocasiones era necesario pelear porque no estaban dispuestos a entregar lo que a ellos les costaba producir. No fueron pocas las oportunidades en que debimos enfrentar a las fuerzas realistas que defendían ciertos sitios e incluso nos vimos forzados a luchar contra las guerrillas locales, que si bien buscaban el mismo objetivo final que nosotros, a su vez consideraban prioritaria su propia manutención.

Recuerdo que un día, mientras estábamos ejercitándonos en la playa de Huacho, vimos aparecer una comitiva de varios jinetes. Entre ellos cabalgaba una mujer joven, tan hermosa, que todos nos detuvimos para contemplarla. Bajo un toldo que se había dispuesto en el lugar estaba el almirante y varios de sus oficiales. Hacia allá se dirigieron las cabalgaduras. La dama desmontó, se acercó al almirante y lo besó cariñosamente en la mejilla. Por su aspecto juvenil, pensé que era una hija del jefe, pero después el mayor Miller me aclaró que era lady Katherin, esposa de Cochrane, que pocos días antes había arribado a Lima junto a los hijos de ambos.

Sin saber de quien se trataba, cuando ella depositó el beso en la mejilla, todos los que contemplábamos la escena rompimos en aplausos y vivas para ambos. Ni en sueños imaginé ver al flemático y poderoso Cochrane ruborizado.

Nunca más vimos a la dama. Miller me dijo que se había establecido en Lima junto a sus hijos. Me llamó la atención que viviese entre los enemigos de su marido, pero me imagino que la guerra es cosa de hombres y que las mujeres solo cumplen roles secundarios en los ejércitos.

Se acercaba el fin de año, se mantenía el bloqueo a El Callao y el capitán nos citó a su cámara para comunicarnos que al día siguiente zarparíamos, junto a la *O'Higgins* y la *Lautaro,* tras la *Prueba* y la *Venganza,* que se habían transformado en verdaderos barcos fantasmas, porque un día se decía que las habían visto en el norte y al siguiente en el sur. Lo concreto es que no se conseguía su captura.

El almirante eligió la ruta del sur y navegando cerca de la costa revisamos minuciosamente puertos, caletas, fiordos y cualquier rincón que pudiese servir de escondite a las naves enemigas. Al parecer siempre llegábamos tarde, pues los habitantes de esos lugares solo daban datos difusos, que poco servían en nuestra cacería.

Cochrane, descorazonado, dio órdenes de regresar a El Callao, arribando a mediados de enero.

Lima aún no se entregaba y el tiempo transcurría sin que se avizorara una solución al conflicto. Mientras San Martín aguardaba una rendición que no ocurría, que incluso llevó a los realistas a cambiar al virrey, nosotros a bordo de las naves tratábamos de mantenernos en la mejor forma posible. Fue por esa época cuando comenzaron las deserciones. Muchos tripulantes, al bajar a tierra en busca de alimentos, desaparecían hartos de esperar una paga que no llegaba, de soportar una mala alimentación y un tedio que se hacía cada día más difícil de sobrellevar.

Los barcos, carentes de mantención desde hacía mucho tiempo, ya no resistían más. Todos sabíamos que los cascos estaban saturados de algas y moluscos que aminoraban su marcha, así como estábamos al tanto del ataque de la broma, ese maldito gusano que carcome las maderas. Observábamos las velas quemadas por el sol, los encordados en muy mal estado, anclas y otras piezas metálicas corroídas sin que llegaran desde Valparaíso elementos de repuesto y que según los oficiales, habían sido solicitados en reiteradas oportunidades por nuestro almirante. En definitiva, salvo la *Independencia,* la nave de más reciente construcción, el resto de la flota estaba en pésimas condiciones de navegación y en cada zarpe pensábamos que era nuestro último viaje, que el naufragio esperaba detrás de la siguiente ola.

Aunque sin duda lo más complejo era el tema de los salarios. Habíamos sido en extremo pacientes, pero nos dábamos cuenta de que Lima debió caer muchos meses antes y eso no ocurría por razones que no nos lográbamos explicar, que en ningún caso eran culpa nuestra. La moral de los marinos estaba por el suelo y las inquietudes crecían a la par con el descontento.

Para empeorar las cosas, se desató una epidemia de tercianas, un mal que provocaba dolores abdominales, fiebres altas, diarrea, dolores de cabeza y otros síntomas que invalidaban a quienes las padecían. Si bien es cierto el problema surgió entre las tropas de tierra, muy pronto se hizo extensivo a toda la expedición. Afortunadamente, si se puede usar esta expresión, también afectó a las tropas realistas, por lo que toda actividad en ambos bandos sufrió una relativa paralización. Claro que como tampoco teníamos mucho que hacer, en algunos aspectos casi no afectaba.

No recuerdo si fue algún médico u otra persona de la flota quien observó que el aire salino evitaba que la enfermedad se propagara. Entonces la escuadra se alejó de tierra obligándonos a una cuarentena, donde se hizo casi imposible descender a tierra. Eso contribuyó a aumentar el descontento y las riñas. Si pensamos que los oficiales nos decían que a bordo los tripulantes éramos una familia, en nuestro barco éramos una familia muy conflictiva. Después supe que en todas las naves ocurría lo mismo.

Pero como siempre, Cochrane eligió este complejo momento para iniciar una ofensiva.

Episodio 8

DESEMBARCO EN PISCO

Para uno, simple marinero, casi todo lo que ocurría entre los jefes o sus conversaciones escuchadas a medias, llegaban convertidos en rumor, muchas veces sin fundamento, lo que incrementaba la inquietud. Quienes hacían cabeza de algunos grupos aprovechaban estos chismes y agregaban comentarios de su propia cosecha para asustar a sus seguidores, que creían a pie juntillas lo que les decían. Yo intentaba permanecer ajeno a esos grupos y a los cuchicheos, pero no podía marginarme por completo y menos en mi condición de sargento, cuando algún subordinado, asustado por los comentarios, se acercaba a preguntar. Lo malo era carecer de respuestas serias.

A mediados de marzo, es decir, después de cuatro meses de casi completa inactividad, comenzó a ponerse en movimiento la escuadra, que por orden del almirante fue dividida; el *San Martín*, la *O'Higgins* y la *Valdivia* reiniciaron la búsqueda de las dos escurridizas fragatas españolas que al parecer se habían convertido en una obsesión para Cochrane. Otras naves continuaron manteniendo el bloqueo a El Callao y al resto nos dieron instrucciones de prepararnos para zarpar, sin decirnos hacia dónde viajábamos.

Cuando estuvimos listos, navegamos hacia el sur para anclar una vez más frente a Pisco.

Nuestra misión no pudo iniciarse de mejor forma. Desembarcamos y de inmediato se logró la captura de un bergantín que no alcanzó a escapar.

Pero me esperaba una gran sorpresa: el reencuentro con mi mayor Miller, que encabezaría la expedición que estaba a punto de comenzar. Luego de concluir el desembarque y de organizar el campamento, nos sentamos a conversar y la tarde se nos hizo breve para contarnos lo ocurrido desde nuestro último encuentro. Aunque no había pasado tanto tiempo, de igual forma estaba pleno de situaciones dignas de comentar. Por supuesto que me preguntó sobre cómo estaban los ánimos a bordo del *Araucano*, después de este largo período de inactividad y le respondí con la verdad:

—Muy malos, mi mayor. La paciencia de los tripulantes se ha agotado.

Me ratificó que en todas las naves ocurría lo mismo.

Para mí, lo más importante era conocer detalles de la misión. Lo primero que me alegró saber fue que estábamos incluidas todas las unidades de Tropas de Marina, que serían dirigidas por él. Lo segundo, que iniciábamos un acercamiento desde el sur hacia Lima con el objetivo de bloquear el posible escape de las tropas realistas hacia la sierra. Me comentó que, a raíz de levantamientos independentistas en el Alto Perú, existían en esa zona muchas tropas del rey para combatir a los rebeldes y que la idea era evitar que, frente a la inminente caída de la capital, los soldados que huyesen se uniesen a ellos, fortaleciendo un posible contrataque. Por otra parte necesitábamos reunir alimentos y dinero para pagar las tripulaciones y aquietar las protestas que cada día eran más atrevidas.

También me explicó que el gran enemigo de ese momento era la epidemia de tercianas que había minado severamente a las tropas de tierra asentadas en Huaura y que la idea era evitar que afectara también a los marinos. Se pensaba que el mal se hacía presente hacia el norte de Lima y que en este sitio estaríamos resguardados. Asimismo me ratificó la observación que decía que con el aire salino se dificultaba la expansión del mal. Después de unos días en tierra, se hizo evidente que todas esas apreciaciones estaban erradas. Antes de retirarnos a dormir, con mi mayor compartimos unos tragos de aguardiente, que resultaron muy reconfortantes para enfrentar el frío nocturno.

Las tropas realistas asentadas en Pisco, que al parecer no eran numerosas, al observar el desembarque huyeron hacia el interior, dejándonos en las bodegas de suministros azúcar, tabaco, botijas de barro conteniendo aguardiente, charqui y otros elementos que nos serían de gran utilidad para la operación y para nuestra sobrevivencia.

El terreno y el clima resultaban complejos. El primero porque, salvo los sectores cercanos a los ríos que cruzaban el país de cordillera a mar, donde existían tierras fértiles que los campesinos cultivaban, los demás eran áridos, en los que unas pocas plantas raquíticas sobrevivían. En cuanto al clima, los días eran generalmente calurosos, pero las noches muy frías. Nuestros maltrechos uniformes poco protegían contra las temperaturas nocturnas. Para dormir nos arropábamos con lo que encontrábamos e incluso muchos lo hacían acurrucados unos con otros.

Una de las cosas que extrañábamos los marinos chilenos era la alimentación hogareña. Por lo menos en mi casa de Vichuquén eran frecuentes las cazuelas con chuchoca, las carbonadas, los platos con arroz, maíz, carne y huevos. También las frutas, que tomábamos directamente de los árboles, casi todos elementos que se veían muy poco a bordo. Menos aún las comidas guisadas que preparaba, con muy buena mano debo decir, la señora Rosaura, que en paz descanse, en su casa de Valparaíso. En las naves había que echarle a la cundidora, como se dice en mi tierra, para alimentar a los ciento y tantos tripulantes y muchas veces los cocineros debían usar toda su imaginación para dejarnos a todos satisfechos a medias.

Fue muy bueno dormir bien esa noche porque a primera hora del día 22 de marzo, iniciamos nuestra marcha encabezada por Miller, con destino a Chincha. Para llegar a esa pequeño villorrio debimos vadear un río a la salida de Pisco y enfrentar otros dos al llegar a nuestro destino, que detuvieron nuestro avance a raíz de su caudal crecido por los deshielos. Miller no se atrevió a ordenar el cruce hasta no construir un puente o algo parecido. Esas aguas facilitaban la siembra de muchos productos y pastos para la ganadería, lo que nos permitió mejorar notablemente las necesidades de la tropa.

Como el espíritu inculcado por Cochrane era de lograr la simpatía de los pobladores locales para la causa de la independencia, las instrucciones que nos dieron fue no abusar a la hora de pedir apoyo a las personas y aquellos que tuviesen con qué, que pagaran lo que tomaban. Claro que con seiscientos hombres que formaban nuestro ejército resultaba imposible evitar que se cometiesen algunos abusos, sobre todo que hacía mucho tiempo que no veíamos ni un solo peso. Y tampoco ni una mujer y eso tenía aún más alterados sobre todo a los más jóvenes.

Miller estaba consciente de que nuestro contingente era insuficiente para las acciones que pretendía acometer, por lo que era necesario atraer jóvenes a la causa del Perú libre. En Pisco, los primeros que se unieron fueron un centenar de esclavos negros a los que se les premió con la libertad y poco a poco se fueron integrando otros muchachos, la mayoría indígenas de la zona. Mientras avanzábamos, instruíamos a los reclutas en el uso de armas y en otras formas de lucha pues carecían de toda preparación para el combate.

Nuestro primer enfrentamiento contra las fuerzas realistas se frustró. En Lima, conocedores del desembarco, enviaron un regimiento a marchas forzadas para contenernos y quedamos separados por los dos ríos que cruzaban el sector. Así como le ocurrió a Miller, que pese a su habitual osadía no quiso vadear, al otro ejército le ocurrió lo mismo.

Así las cosas, nos mantuvimos estancados por unos días que se aprovecharon en preparar a los nuevos contingentes que se sumaban a nuestras fuerzas. Incluso algunos soldados reclutados por los realistas se animaron a cruzar los caudalosos ríos para incorporarse a nuestras filas.

Pero el enemigo que sin piedad se nos vino encima fueron las tercianas. Muchos de nuestros marinos comenzaron a padecer los síntomas y cada día eran más los enfermos. Por informaciones que recibíamos de nuestros espías, sabíamos que los realistas estaban pasando por lo mismo, aunque los nativos de la zona parecían inmunes. Las operaciones se paralizaron por completo.

No sé quién apareció un día con un hechicero indígena que dijo tener un tratamiento a base de una planta llamada quinina, que nadie de los nuestros conocía. A todos nos causó recelo el personaje, que incluso explicó que el mal provenía de la picadura de los mosquitos que sobrevolaban las aguas estancadas de los alrededores. No le creímos y hasta nos burlamos de él. Es imposible que un pequeño mosquito pudiese causar tanto daño. Hasta hoy, cuando escribo estas páginas, no se sabe con certeza cuál es el origen de las tercianas, aun cuando la medicina ha tenido muchos avances desde entonces. La otra aprehensión era pensar que el chamán fuese un enviado del enemigo decidido a envenenarnos.

Algunos de nuestros hombres, desesperados de fiebre, vómitos y diarreas, bebieron quinina pese a su amargor y reconocieron sentirse mejor. Otros lo mezclaron con aguardiente. Claro que hubo algunos que abusaron del líquido y se agravaron.

Viendo fallecer a algunos de los nuestros y el aumento incesante de los enfermos, Miller decidió regresar a Pisco para embarcarnos, teniendo en cuenta que a bordo de las naves enfermábamos menos. Las diez leguas de caminata entre Chincha y Pisco transportando a los enfermos fueron un tormento, con el sol casi vertical sobre nuestras cabezas, el terreno pedregoso, nuestros destruidos calzados que ya no aguantaban más y un gran desánimo. Yo intentaba preocuparme de mis hombres, pero no podía dejar de lado a otros destacamentos en los que los afectados del mal eran muchos. Al final, ayudándonos entre todos, marchamos sin mirar atrás, con el único objetivo de llegar a nuestras naves, que veíamos como la salvación. Fue una triste peregrinación. En hacer el recorrido tardamos mucho más tiempo que cuando lo efectuamos en sentido contrario.

Miller envió una vanguardia para avisar a las embarcaciones que íbamos de regreso con gran número de enfermos, que estuviesen preparados para un embarque rápido, pero regresaron para darnos la terrible noticia de que en Pisco no había nave alguna. Los pobladores informaron que varios días antes la flota había zarpado rumbo al norte.

Extenuados, nos vimos obligados a improvisar un campamento usando las instalaciones abandonadas por los realistas como hospital, crear turnos de defensas por si éramos atacados en un sitio en el que nuestra vulnerabilidad era máxima.

Los días siguientes fueron de mucha tensión. La quinina ayudaba, pero de igual forma nuevos enfermos engrosaban la lista de nuestra desgracia. Con mi mayor ya no sabíamos qué hacer para evitar que se continuara propagando el mal. Ninguna de las medidas que adoptábamos daba resultados y estábamos atados a esta tierra llena de malos humores.

Un atardecer, en un momento de descanso, me puse a pensar que si el mal no nos afectaba a bordo de las naves, podía ser porque hasta allá no llegaban los mosquitos y que tal vez el hechicero tuviese razón. Pero no me atreví a comentar con nadie mi deducción. Fuimos muy crueles al mofarnos del indio y mi comentario podría hacer recaer sobre mí las burlas.

No sé en qué estuvo que yo no me enfermé, pero el mayor Miller, que ya tenía su cuerpo lacerado de heridas de balas, no fue la excepción y también contrajo el mal. Quizás porque su cuerpo estaba débil con tanta sangre perdida, las tercianas lo maltrataron mucho más que a otros. Una vez más creí que mi jefe moriría.

Todo se veía oscuro, las tropas se sentían decepcionadas de los jefes, porque sentimos que nos dejaban abandonados a nuestra suerte en este caserío miserable y posiblemente rodeados de enemigos, que si sanaban de las tercianas antes que nosotros, podrían atacarnos y masacrarnos.

Episodio 9

DERROTADOS POR LAS TERCIANAS

No sé cuántos días llevábamos abandonados en Pisco, intentando sacar adelante a los enfermos que día a día aumentaban y yo especialmente preocupado por mi mayor, cuando alguien gritó que en el horizonte se distinguían unas velas. Al principio, cargados de pesimismo por lo que nos ocurría, pensamos que se trataba de naves enemigas, pero afortunadamente al acercarse fue tomando forma el *San Martín*. En otras circunstancias los gritos de júbilo hubiesen brotado espontáneos, pero no fue así. Nadie estaba de ánimo para celebrar y menos cuando todos nos sentíamos abandonados por el almirante.

Su rostro cariacontecido mostró de inmediato la preocupación que le provocó encontrarnos en esas condiciones, especialmente cuando vio a un Miller moribundo. Dio instrucciones de trasladarlo al *San Martín* y yo aproveché el desconcierto para acompañarlo.

Antes de embarcarnos, contamos más de ciento ochenta enfermos, los que fueron trasladados a las otras naves. En ese momento yo pensé que todos regresaríamos a El Callao o a Huacho, pero solo la nave con los afectados de tercianas zarpó rumbo al norte. En la *San Martín* abordamos todos los que estábamos sanos, inclusos los que ya habían superado el mal y nos dirigimos al sur, hasta fondear frente a Arica.

Los que habíamos vivido el calvario entre Chincha y Pisco acusábamos de desalmado al almirante, sin imaginar que todo lo que estaba haciendo y su obsesión por capturar a las naves enemigas era para reunir los caudales necesarios para pagar nuestros salarios. Alguien debe de haber dicho algo al respecto, porque un oficial, cuyo nombre no recuerdo, nos reunió a todos en cubierta y nos explicó el motivo de nuestras andanzas. Recuperamos el ánimo y las fuerzas, pese que a bordo siguió enfermándose gente, aunque fueron muchos menos.

Y las andanzas dieron frutos, porque arribando a Arica capturamos una goleta y dos días después, con el truco de izar la bandera española, cayeron dos bergantines que provenían del sur. Unos días más tarde capturamos otras embarcaciones pequeñas. La cosecha no podía ir mejor.

Claro que los sucesivos intentos por desembarcar en Arica no resultaban, porque las marejadas lo impedían. Incluso en uno de ellos un marinero cayó al mar, resultando imposible su rescate. Todos anhelábamos bajar en ese puerto pues se suponía que en sus arcas guardaba importantes caudales que servirían para pagar nuestros dineros, pero como solía suceder, casi siempre aparecía un contratiempo de último minuto y el de ahora nos impedía desembarcar.

Cochrane tomó la decisión de navegar hacia el norte, atracando frente al morro de Sama. Ahí pudimos hacer tierra. El almirante dividió en dos el contingente disponible que restando enfermos y desertores no era muy numeroso. Nosotros, bajo el mando de Miller que milagrosamente se había repuesto de las tercianas, nos dirigimos a Tacna y al oficial Soler le correspondió la misión de regresar a Arica por tierra.

Lo de Miller no dejaba de despertar nuestra admiración. Los que habíamos navegado junto a él en la segunda incursión a El Callao y ahora, no terminábamos de admirar su espíritu de lucha, no solo en el combate, donde parecía no temer a las balas, sino también contra las adversidades. Ya había perdido la cuenta de las veces que lo vi moribundo y muy pronto estaba nuevamente al frente. Admirable.

Mientras avanzábamos hacia Tacna se nos plegaron algunos jóvenes que deseaban luchar por la independencia de su país, pero que carecían de toda preparación. Nuestras fuerzas, minadas por las tercianas, requerían recambio urgente así que todo aquel que pudiese manejar un arma era bienvenido.

Cayó Tacna en nuestras manos e intentamos portarnos con decencia. Muchos de los nuestros eran sobrevivientes de las tercianas, habían sentido la muerte muy cercana y buscaron distintas formas de agradecer que estaban vivos. Mientras algunos visitaron iglesias, otros se dedicaron a celebrar con los excesos de siempre.

Sin embargo los festejos no duraron mucho, porque informantes le comunicaron al mayor Miller que tres ejércitos, provenientes de distintas partes, convergían hacia Tacna para recuperar la ciudad. Los que escucharon la noticia no tardaron en difundirla y muy pronto todos sabíamos lo que se nos venía encima. Por supuesto se produjeron las mismas reacciones de siempre donde hablaban mucho los que nos creían condenados a muerte, contra aquellos dispuestos a luchar sin importar la cantidad de enemigos que tuviésemos que enfrentar.

Esa misma tarde me reuní con mi jefe y a estas alturas amigo, que más que pedir mi opinión, me usó como interlocutor para exponer su plan, que consistía, ni más ni menos, en tomar la iniciativa.

Por las informaciones de las que disponía, el mayor supo que el enemigo más cercano provenía desde Arequipa al mando de La Hera, un oficial de alto rango y decidió que sería al que primero enfrentaría.

En una marcha extenuante nos dirigimos a su encuentro. Los de avanzada regresaron avisando que en ese momento, en un caserío llamado Mirave, el enemigo tomaba el rancho de la tarde y que todo hacía presumir que pronto se retirarían a descansar para sorprendernos de amanecida.

Casi reptando como serpientes y en silencio continuamos avanzando. Nuestros ojos eran lo único que brillaba en la oscuridad. Cuando calculamos que estábamos a una carrera relativamente corta de distancia, nos abalanzamos como una ola sobre ellos, sorprendiendo incluso a los centinelas. Caímos sin darles tiempo de armarse, pasando a cuchillo a todo aquel que levantaba la cabeza. La victoria fue completa y una vez más la estrategia de Cochrane del ataque sorpresivo daba resultados. Como nosotros éramos muchos menos que ellos, no pudimos capturarlos a todos. Una gran cantidad huyó en desbandada. Aun así capturamos cerca de ciento sesenta prisioneros realistas, muchos de los cuales solicitaron de inmediato ser incorporados a nuestro ejército. El gran botín de esa noche fueron los centenares de mulas que trasladaban armas y vituallas para la tropa.

Nuestras bajas no fueron muchas, aunque tuvimos que lamentar la muerte del doctor Welsh, el médico de cabecera del almirante.

Como se acostumbraba en estos casos, queríamos celebrar el triunfo, pero para Miller la victoria no había sido total. Como La Hera consiguió escapar con parte de sus tropas, según el mayor se podían unir a los otros regimientos que avanzaban contra nosotros. Después de una breve tregua, nos ordenó seguir la huella dejada por el enemigo para rematarlo. Pese al triunfo, estábamos todos agotados porque la batalla, sin bien en ningún momento estuvo en duda nuestro triunfo, había sido intensa, lo mismo que la caminata para sorprender a los realistas. Pero una vez más el mayor nos daba una nueva muestra de su entereza y encabezaba esta tarea.

Así fue como, el 24 de mayo, conquistamos Moquehua, una ciudad más grande, que los realistas entregaron sin luchar. A corta distancia marchaban los restos del ejército dirigido por La Hera. Lo seguimos de inmediato y a buen tranco y nuevamente los sorprendimos por la retaguardia, provocándoles, ahora sí, una derrota completa.

Regresamos a Moquehua para celebrar nuestro triunfo, todo era algarabía, los vecinos nos ofrecieron trozos de carne asada, huevos duros, pollos cocidos y otras meriendas, mientras el aguardiente bajaba por nuestras gargantas, sin que a mí me preocupase la mona del día siguiente.

Pero lo bueno dura poco pues, muy pronto, los informantes llegaron con noticias preocupantes. Desde Tarata, otra localidad de la sierra, se acercaba otra unidad militar. La imaginamos decidida a derrotarnos y a vengar a sus compañeros. De todo el contingente, la mayoría había bebido bastante y aún sin considerar ese factor, todos estábamos o exhaustos o heridos. Miller, al vernos en esas condiciones y estando él mismo al borde de sus fuerzas, como me había confesado poco antes, prefirió reunirnos para pedirnos la opinión, cosa muy rara en los jefes. Las opciones eran, o nos retirábamos a la costa para embarcarnos o enfrentábamos al enemigo que por supuesto venía fresco. La mayoría pensamos que, si seguíamos la lógica del mayor de atacar por sorpresa obtendríamos la victoria, eso se decidió.

Cuando escribo estas líneas casi medio siglo después de ocurridos los hechos, pienso en lo irresponsable que éramos al tomar éstas y otras decisiones. Visto con la perspectiva del tiempo, parecían misiones suicidas. Por eso acepto, en parte, que cuando he narrado estos hechos a mis alumnos y a amigos, no me hayan creído. Seguramente han pensado que son exageraciones mías. Pero en verdad, así ocurrieron.

Junto al mayor y a los otros sargentos reunimos el contingente que estaba en mejores condiciones e iniciamos la marcha para enfrentar a este nuevo enemigo.

Créanlo o no, los enfrentamos y lo derrotamos, tomando prisioneros a la casi totalidad de sus tropas. ¿Cómo ocurrió? No lo sé. En parte creo que la ferocidad que mostramos se debió al hastío, a esto de pasar tanto tiempo embarcados sin hacer nada, comiendo mal, esperando una paga que no llegaba nunca. Quizás era la rabia acumulada durante tantos meses de privaciones la que nos empujaba a salir como fieras a combatir. Mientras corría repartiendo cortes con una espada de la que me había provisto en una de las batallas, contemplaba la cara de estupefacción de los enemigos, como si estuviesen siendo agredidos por un monstruo. Quizás eso éramos en ese momento. Unos monstruos deseosos de destruir todo lo que se nos anteponía.

Con el relajo de después de la batalla, muchos de nuestros soldados se dieron a la vergonzosa tarea de desvestir a los enemigos muertos para quitarles sus zapatos y otras prendas. El estado de nuestras vestimentas era tan calamitoso, que se vieron obligados a profanar los cuerpos de esos hombres que dieron la vida por su causa. Digo que me avergüenzo, pero incluso yo conseguí un par de zapatos que estaban en mucho mejor estado que los míos. Lo importante es que pese a nuestras precarias condiciones, luchamos y ganamos.

Con esta victoria ya teníamos a dos de los ejércitos enemigos derrotados y una gran cantidad de prisioneros. Por suerte teníamos los alimentos de las mulas que nos permitieron mantener a tanto enemigo capturado.

Pese a que muchos de ellos se unían a nuestras fuerzas, Miller no sabía qué hacer con los capturados. No podíamos acarrearlos en nuestras futuras misiones y si los liberábamos lo más probable era que buscasen a un antiguo jefe y tomasen las armas en nuestra contra, Ni Miller, con tantos años y combates en el cuerpo, sabía qué hacer con ellos.

Pero fueron los mismos realistas los que nos obligaron a solucionar el problema. Nuestros espías informaron que el destacamento proveniente de Alto Perú se acercaba. Lo dirigía el general Rodríguez, aunque no supieron calcular la cantidad de enemigos. A estas alturas nosotros ya éramos pocos, entre heridos, un pequeño brote de tercianas y las deserciones.

Miller, muy contrariado, decidió iniciar la marcha hacia la costa donde esperaba encontrar naves que nos rescataran. Otra caminata de poco más de veinte leguas pero que parecen eternas cuando estás agotado y con la sombra del enemigo en la espalda.

Extenuados llegamos a Ilo, donde nos esperaban tres pequeñas embarcaciones enviadas por el almirante y el enemigo no aparecía. A lomo de mula los espías tomaron de regreso el camino a Moquehua para saber a qué distancia estaba el famoso general Ramírez y sus tropas, pero no encontraron ni un rastro de ellos.

Miller, azuzado por este informe, decidió partir por tierra hacia el sur. Sabía que La Hera había reorganizado parte de su ejército y que se dirigía a Tacna. El mayor consideró que su deber era enfrentarse nuevamente con los realistas e iniciamos la marcha hacia Tacna, embarcando en las naves a los heridos y las pocas cosas de valor que habíamos logrado capturar en esta campaña.

Para muchos de nosotros la ilusión de regresar a Valparaíso, a casa, a nuestros hogares, se esfumaba cada día más. Perdidos en el desierto, luchando contra los enemigos y por la propia supervivencia, la vida era demasiado dura. No creo que ninguna de nuestras mentes haya desahuciado por completo la idea de desertar.

Mientras estaba en Moquehua o en Chincha observaba la apacible vida campesina, gente que cultivaba la tierra, agradecida de Dios por lo que les suministraba y recordaba tan bien lo que era Vichuquén, cultivando, ordeñando, picando leña, tareas que me parecían tan tediosas y que ahora añoraba. Un plato cocinado por mi madre o por Teresita Cuevas, cuya imagen ya estaba completamente borrada de mi memoria, pero cuyo nombre reaparecía una y otra vez. Y si Teresita Cuevas no podía ser por la oposición de su familia, habría otra mujer que podría acompañarme.

Si yo estaba lejos de mi tierra, Miller lo estaba mucho más pero parecía que para él la nostalgia no existía o tal vez su vida era tan triste en su Inglaterra natal, que prefería esta lucha permanente para conseguir esos objetivos para los que lo habían contratado. No lo sé, pero yo ya estaba harto de este peregrinar por nada. Porque en el fondo estábamos convertidos en corsarios que debíamos conseguir, a través de la lucha y la rapiña, nuestra paga.

Pero seguí a Miller por otras treinta leguas. Eran tantas las veces que estuve a su lado acompañando su agonía, que ya me sentía su ángel custodio. Me parecía ser su amuleto de la suerte. Si lo abandonaba, él moriría.

Llegamos a Tacna y ya no había guerra. San Martín había comprometido uno de los tantos armisticios que suscribió, lo que puso fin a la campaña, por el momento. Porque hasta donde pudimos saber, Lima no caía.

Una de las noches que permanecimos en Tacna a la espera que el mayor tomase una decisión, me reuní con él y me confidenció que, al igual que todos nosotros, estaba exhausto. Pero él cargaba otra disconformidad y era con el almirante. Se sentía abandonado y en tal caso prefería continuar solo o acercarse a San Martín. Mal que mal las tropas de tierra seguían recibiendo sus salarios y otras regalías.

Para eso necesitábamos regresar a Arica. Nuevamente nos pusimos en marcha, otra vez cruzando el desierto, llegando a ese destino donde por supuesto no nos esperaba ninguna nave de las nuestras, pero sí dos barcos con bandera de los Estados Unidos, si mal no recuerdo. El mayor las quiso fletar para que nos llevasen hasta Ancón, pero los capitanes se negaron. Y ahí sucedió algo insólito, que podríamos llamar milagroso. Las tripulaciones de las naves se amotinaron, expulsaron a los capitanes y nos permitieron abordar.

Nunca supe por qué Miller decidió que, en vez de continuar hasta Ancón que era el destino originalmente previsto, las naves nos dejaran en Ica, donde nos asentamos por un período de tiempo que nos permitió renovar fuerzas.

Episodio 10

CAE LIMA

Parecía que la noticia no iba a llegar nunca. Tantos meses de espera, tantas veces que vimos como inminente la caída de la capital del virreinato, tantas batallas, tantas privaciones vividas y ahora, mientras permanecíamos en Ica, en una situación que podríamos llamar tranquila, nos llegó el aviso.

¡Las tropas virreinales estaban evacuando la capital!

De inmediato Miller dio instrucciones para que nos pusiéramos en movimiento. La caída de Lima significaba el pago de nuestros salarios, por lo que la euforia inundó el lugar. A esas alturas a nadie le importaba el triunfo bélico por lo que representaba para la libertad del Perú, la alegría era por lo que representaba para nosotros. En ese momento cada uno decidía en qué gastaría el dinero que recibiríamos pronto como si ya lo tuviésemos en el bolsillo y por el que llevábamos tanto tiempo esperando. Además representaba el término de la campaña, el retorno a Valparaíso. La noticia era demasiado buena como para permanecer indiferentes y lo celebramos bien.

Al día siguiente comenzaron los preparativos para avanzar hacia la capital. No éramos muchos los que quedábamos bajo las órdenes del mayor, pero quienes estábamos ahí nos considerábamos fieles a él y al almirante.

Eran más de sesenta leguas las que nos separaban de la capital, por lo que muy temprano por la mañana nos pusimos en camino. Marchando a buen paso resultaba difícil andar más de seis leguas diarias. Cuando nos acercábamos a la capital nos cruzamos con contingentes de soldados del virrey que marchaban hacia la sierra para reunirse con las tropas del general Ramírez u otras, muchos de ellos llevaban sus armas, aunque nada hicieron por atacarnos y nosotros éramos muy pocos como para hacerles frente, pero nos extrañó no ver tropas patriotas persiguiéndolos. Miller, lacónico, me dijo:

— Eso quiere decir que la guerra no ha terminado.

Una noche, mientras acampábamos antes de llegar a la capital, conversamos y me dio la impresión que lo hacíamos por última vez. En su castellano, cuya fluidez cada día mejoraba, me preguntó:

—¿Qué harás ahora que termina la guerra?

—Lo mismo que haremos la mayoría, regresar a mi tierra.

—¿Te espera alguien allá?

—No, mi mayor. Regresaré a mi trabajo y me gustaría estudiar. Quisiera ser profesor.

—¿Profesor? ¿Y por qué?

—Veo tanta ignorancia y yo que he tenido la suerte de poder aprender, me doy cuenta de la ventaja de saber leer, escribir y conocer los números.

—Me imaginé que continuarías siendo un guerrero. Luchas bien.

Permanecimos en silencio un rato hasta que yo pregunté:

—¿Y usted que hará mi mayor?

—Seguiré luchando, que es para lo que nací. Desde muy joven he estado en guerra en diversos países y creo que en algún momento una bala o un sable pondrá fin a mi vida.

—Usted es inmortal, mayor Miller y a mí me consta.

Ambos reímos con el comentario. Luego de unos instantes agregó.

—Chile ya no me necesita. Con la desaparición de los españoles, ya no corre peligro la independencia, pero Perú está recién comenzando a luchar. Necesita expulsar definitivamente a sus enemigos. Me pondré a disposición del general San Martín. Si te interesa, puedes venir conmigo.

Pensé largo rato la proposición de Miller, pero estaba harto de la guerra, de las privaciones, de dormir incómodo, de comer casi siempre mal. De no tener la compañía de una mujer.

—No, mi mayor. Me produce una enorme tristeza dejarlo, pero creo que debo regresar a mi país, a mi familia, a hacer algo que me permita ser alguien más que un hombre de la tropa. Lo que he aprendido a su lado es incalculable, pero no me sirve para la vida que busco. Seré profesor y si no me resulta, me dedicaré al comercio.

Esa noche me costó conciliar el sueño. Inconscientemente, mi cerebro comenzó a repasar todo lo que había vivido junto a este hombre increíble que parecía tener un pacto con satanás para sobrevivir.

Cuando arribamos a Lima ya estaba gran parte de la ciudad en manos de las tropas de San Martín, mientras algunos soldados realistas rezagados continuaban con la evacuación. Era extraño ver cruzarse a vencedores y vencidos. Unos altivos y otros cabizbajos. Me llamaba la atención que San Martín permitiese esto, sabiendo que en la sierra sobrevivía mucho contingente realista. Pero él era el jefe y yo casi el último de la lista.

Lo otro que llamaba la atención era la enorme cantidad de mendigos famélicos que se nos acercaban pidiendo algo de comer. Después supimos que a consecuencia del bloqueo por mar y tierra, Lima desde hacía ya bastante tiempo no recibía alimentos en forma regular para mantener a su población. Era cierto que nosotros habíamos pasado algunas privaciones, tanto a bordo como durante las campañas en tierra, pero nada se asemejaba a esta tragedia de la que éramos testigos. Quizás la idea del almirante de atacar de inmediato la capital hubiese sido más humana y evitado el drama que vivía su población hambrienta, desesperanzada e inocente de las ambiciones de las jerarquías.

Cochrane había echado anclas cinco días antes en Ancón y el comentario de todos los marinos con los que nos encontramos en la capital, estaba centrado en la enorme recaudación que había obtenido el almirante durante toda la campaña y que se encontraba a bordo del *San Martín*. Eso significaba que ya no tendríamos que esperar mucho más para recibir los pagos adeudados.

A última hora del 15 de julio, el mismo día en el que poco antes un Cabildo Abierto había declarado la independencia del Perú, apareció frente a Miraflores, un sector del sur de Lima, el *San Martín,* aprestándose para descargar todas las mercaderías, los dineros y tesoros (recaudados según algunos y robados según otros), durante el tiempo en el que estuvimos en campaña. Al día siguiente muy temprano los marinos que permanecíamos en tierra nos acercamos a la orilla para, desde los acantilados que miraban hacia el mar, admirar la silueta de la nave en cuyo vientre viajaba el fin de todos nuestros problemas.

Inesperadamente se levantó un viento y observamos que el barco comenzaba a desplazarse hacia unos roqueríos. Un silencio profundo se adueñó del ambiente. A la distancia resultaba difícil ver lo que estaba ocurriendo a bordo, pero divisábamos a muchos marinos, convertidos por la distancia en pequeños puntos, singlar velas, tirar del cable del ancla, nos imaginábamos que para cambiar el rumbo. Pero el navío continuó su marcha inexorable hacia las rocas, hasta terminar estrellándose contra ellas.

Atónitos, fuimos testigos de cómo el *San Martín* se hundía y junto con él, nuestras ilusiones, nuestras esperanzas. Muchos lloramos, tanto por lo que se nos iba al fondo del mar, como por la pérdida de esa nave que nos había acompañado por tanto tiempo. En ese momento a nadie preocupó si alguno de los nuestros había muerto ahogado. Eran tantos los problemas de cada cual, que no había tiempo ni deseo de preocuparse por los demás.

Concluida la tragedia y sin ponernos de acuerdo, comenzamos a caminar como fantasmas hacia el Palacio Pizarro, en Lima. Alguien tenía que darnos una solución.

Pero nuestra marcha fue en vano. Solo apareció para dar la cara un subalterno que nos dijo quién debía darnos una respuesta era el almirante Cochrane.

Por otra parte, sabíamos que las tropas de tierra estaban tomando posesión de muchas casas de connotados realistas, adueñándose de sus bienes que pasaban a San Martín y a su lugarteniente Monteagudo. Un personaje siniestro que no conocí personalmente, pero del que todo Lima hablaba por su capacidad de crear intrigas.

El fuerte de El Callao continuaba en manos realistas, pese a los intentos para que fuese entregado a los patriotas. Se decía y al parecer era cierto, que en su interior estaban refugiados, junto a sus fortunas, importantes dignatarios del virreinato.

En todo caso nos dábamos cuenta de que sí había de dónde sacar el dinero necesario para pagarnos, pero no veíamos la voluntad para hacerlo. ¿Quién era el responsable? No lo sabíamos.

Durante los días previos, se repartieron pancartas anunciando que el 28 de julio de 1821, a las diez de la mañana en la Plaza de Armas, frente al Convento de las Descalzas, en la Plaza de la Inquisición y en la plazuela de la Merced, se efectuarían actos para proclamar la Independencia del Perú. Por supuesto que el principal sería el de la Plaza de Armas, frente a la catedral y al Palacio Pizarro.

Pese a que no se nos instruyó para asistir, junto a varios marinos decidimos ser testigos del hecho vestidos como civiles. Mal que mal alguna responsabilidad teníamos en la celebración que estaba por comenzar. Nos dirigimos a la Plaza de Armas y lo primero que llamó mi atención fue ver formadas a las tropas cuyanas y peruanas muy cerca del balcón en el que aparecería el general y en un segundo plano, flameaba la bandera chilena. Nuestros soldados, que fueron mayoría durante la campaña, aparecían relegados para el acto oficial. Se lo hice notar a mis compañeros y a todos nos causó profundo malestar la situación.

Cuando apareció San Martín, la gente que llenaba el lugar rompió en aclamaciones y vivas. Nosotros esperábamos ver a su lado al almirante, pero éste no se hizo presente, por lo menos en el estrado oficial. Después supe que presenció la ceremonia desde un balcón aledaño. Desde mucho tiempo antes todos sabíamos de las discrepancias entre ambos, pero yo me imaginaba que en el momento culminante de la campaña, el momento de la gloria, superarían las diferencias y compartirían el estrado de honor. No fue así.

Después de permanecer unos momentos entre la multitud, decidimos salir de ahí. El ambiente no nos resultaba placentero. Por el contrario, percibíamos una animadversión contra los chilenos de parte de la población. Tal vez nos culpaban de las carencias a consecuencia del bloqueo o de las rapiñas Era imposible de saber.

Pasaban los días y nuestros dineros no aparecían. El malestar se incrementaba día a día y las protestas en las naves ya eran a viva voz. Los oficiales intentaban mantenernos en calma, pero no lo conseguían.

No sé si fue una medida desesperada ordenada por el almirante, pero durante el día 24 nos llamaron a varios de los de la Tropa de Marina para avisarnos que estuviésemos prestos para una misión nocturna. La emoción regresó a la apacible vida que llevaba desde mi llegada a Lima, así que me preparé con esmero. Sería cerca de la medianoche cuando nos reunieron a todos los que participaríamos para decirnos que, al igual como se hizo cuando se capturó la *Esmeralda*, entraríamos en El Callao para capturar las naves ahí ancladas y protegidas por los cañones del fuerte, que aún permanecía en manos realistas. La misión estaría a cargo del capitán Crosbie. Debo reconocer que en ese momento extrañé al mayor Miller, en quien depositaba toda mi confianza, pero de ningún modo me quedaría sin participar en este hecho.

Siete botes, con los remos cubiertos de telas y que según mis cálculos embarcaban veinte hombres cada uno, nos deslizamos hacia el interior del puerto y en cuatro de ellos nos acercamos a la banda de estribor de la fragata *Resolución*. La abordamos en silencio sin que los vigilantes se percatasen de nuestra presencia hasta que era demasiado tarde. En pocos minutos sometimos a los tripulantes que descansaban en sus literas. La nave era nuestra e iniciamos las maniobras para sacarla del puerto. Mientras tanto otro grupo hacía lo mismo con otro barco. A medida que los apresábamos, abordábamos otro, hasta que nuestro grupo consiguió conquistar otras dos fragatas, unas cañoneras y unos botes, en los que regresamos a nuestros navíos los últimos marinos que quedábamos en la misión. Fue lo que podríamos llamar una maniobra limpia, casi sin reacción del enemigo.

Los de mi unidad, antes de volver a nuestras naves, prendimos fuego a otras embarcaciones ancladas en la bahía. Solo entonces comenzamos a escuchar gritos de advertencia desde el fuerte. Habíamos logrado actuar provocando una sorpresa total, esa que tanto le gustaba al almirante.

Cuando analizo este suceso medito sobre el descuido de los realistas y solo atino a pensar que, confiados en las celebraciones por la independencia, jamás imaginaron este ataque a lo último del corazón virreinal que continuaba en sus manos. El Callao no cayó, pero el nivel de debilitamiento de sus defensas fue grande.

Claro que este hecho tampoco significó que nos pagasen nuestros duros. Al contrario, pronto comenzamos a percibir que algunos oficiales y marinos ingleses y de los Estados Unidos desembarcaban de nuestra nave como si fuesen a alguna misión en tierra, pero no regresaban.

Un día en el que yo bajé a puerto consulté con marineros de otras naves y me contaron que observaban lo mismo. No tardamos en averiguar que el gobierno peruano, dirigido por San Martín, que el 3 de agosto se había autoproclamado como Protector del Perú, estaba ofreciendo cancelar lo adeudado y más dinero a los oficiales extranjeros, para organizar la escuadra de su nuevo país. Y muchos de ellos, mal que mal soldados profesionales, aceptaban la oferta. Nosotros, los que continuábamos bajo la bandera chilena, los considerábamos traidores, vendidos, pero ahora, pasado tantos años, les encuentro razón. En gran medida el Gobierno de mi país nos dejó abandonados a nuestra suerte en el Perú. Sin alimentos, mal vestidos, escasos de municiones, con las naves en estado desastroso por falta de los elementos esenciales y como corolario, sin salario. Todo nos lo teníamos que procurar actuando como verdaderos piratas, pues casi nada provenía desde Valparaíso.

Viéndolo así, resulta difícil de entender por qué no fuimos más los que desertamos y nos reclutamos en la armada del nuevo país. Y estímulos no faltaban porque pronto supimos que a los soldados de tierra les cancelaron sus dineros y les ofrecieron una cantidad mayor para que continuasen luchando por Perú.

Por esos días también nos llegó la noticia de que el *Pueyrredón* encalló y naufragó en Ancón a raíz del mal estado de su casco. Incluso después de nuestra resonante victoria en El Callao, sobrevino una sucesión de hechos que para nada estimulaban nuestra permanencia en la Armada de Chile. Todo era una invitación a abandonarla.

El 4 de agosto, un día después de que San Martín se declarara Protector del Perú, Cochrane descendió a tierra y todos sabíamos por esos rumores extraoficiales que circulan en casi todas las instituciones, que ambos se reunirían y que para el almirante era prioritario el tema de nuestros salarios.

Quienes lo vieron salir del Palacio de Pizarro supieron de inmediato que le había ido mal, porque montó su caballo y al galope se dirigió a Miraflores para abordar la *O'Higgins*, nave en la que se había vuelto a enarbolar la enseña del almirante luego del naufragio del *San Martín*. Una vez ahí se encerró en su camarote donde nadie se atrevió a interrumpirlo.

¿Qué se discutió entre los dos jefes de la expedición? Quizás algún libro de historia que yo no conozco lo explique, porque no lo sé, pero que la situación empeoraba día a día, de eso era testigo privilegiado.

Los oficiales que quedaron después de la partida de varios de ellos, intentaban mantenernos ocupados y nos daban débiles explicaciones respecto al principal tema que nos preocupaba.

Un día, frente a nuestras insistencias que ya rozaban las amenazas, un capitán, cuyo apellido no recuerdo, nos dijo:

—San Martín no quiere pagar los salarios. Dice que es responsabilidad del Gobierno de Chile.

—¡Pero cómo, si se nos prometió que nos pagarían a la caída de Lima! —protestamos todos como una sola voz.

—Eso es lo que defiende el almirante, pero el general ahora lo niega.

Fue enorme la cantidad de epítetos ofensivos en contra del cuyano. Nadie podía aceptar este cambio en las reglas del juego.

No sé si las autoridades del naciente Perú supieron de este incidente porque por coincidencia comenzaron a escasear los alimentos a bordo. Por los que bajaban a tierra supimos que militares patriotas peruanos interceptaban las carretas con suministros para nuestras naves. Eso colmaba la paciencia de todos y muchos hablamos con nuestros oficiales ofreciéndonos para atacar Lima en busca de aquello que nos era negado. Después supimos que el almirante, en extremo indignado por esta situación, justamente había hecho eso, amenazar con un ataque. El gobierno peruano reaccionó terminando con el bloqueo y permitiendo que recibiésemos los suministros, pero de los pagos, lo que ofrecieron fue una burla. Documentos firmados por el protectorado peruano pero sin una fecha de vencimiento. No sabíamos si recibiríamos los dineros un mes o un año después. Nadie estuvo dispuesto a aceptar y el almirante tampoco.

En forma paralela comenzaron a llegar ofertas para que nos incorporásemos a la naciente Armada Peruana, una armada que al parecer carecía de naves pero no de recursos económicos, porque nos ofrecían pagar los salarios atrasados y sustantivas mejoras si nos enrolábamos con ellos. No fueron pocos los que cedieron a la tentación y las deserciones comenzaron a aumentar.

Yo no era de hacer amigos, pero algunos de los más cercanos a mí no resistieron y se marcharon. La mayoría de ellos no fueron chilenos, porque en conversaciones con las tropas de tierra, muchas veces nuestros compatriotas nos confesaban que eran muy mal vistos por los cuyanos y los peruanos, que actuaban como si fuesen superiores.

Al mismo tiempo comenzaron a llegar rumores que hablaban de que, concluida la misión, la escuadra chilena sería desmantelada y que algunas naves pasarían a formar parte de la Armada peruana. Que la opción era o enrolarse en ella o perderlo todo.

Esta seguidilla de acciones y rumores lograron el efecto contrario a lo que perseguían los instigadores. Fue como si nos arrojasen fuego al corazón porque todos los marinos, los pocos oficiales chilenos, más algunos extranjeros leales, aunamos filas en torno a Cochrane y decidimos que seguiríamos luchando a su lado hasta el final, fuese éste el que fuese. Total era difícil estar peor de lo que estábamos y no le daríamos en el gusto a este grupo de bandidos que se habían adueñado de un país conquistado con nuestras victorias, con sangre de chilenos y que además querían humillarnos.

Episodio 11

EL FIN DE LA PESADILLA

Por lo que deducíamos de las conversaciones entre nosotros, el almirante estaba entre la espada y la pared. Seguramente quería abandonar El Callao y desacatar al general, pero eso significaba renunciar a recibir los dineros para pagarnos. Y si no salía de ahí y si tampoco llegaba el pago desde Chile, la única alternativa sería dedicarnos a la piratería. Las tropas de tierra que defendían Lima eran muy numerosas e intentar asaltar la ciudad hubiese sido un suicidio.

La verdad era que nosotros, los marineros, menos que nadie sabíamos cómo íbamos a salir de ésta, cuando ya todos nos habíamos juramentados para seguir al lado de Cochrane contra viento y marea. Por lo menos continuábamos recibiendo alimentos. Si no hubiese interrumpido el bloqueo impuesto por Monteagudo, seguramente estaríamos ya dedicados a la piratería o a asaltar los puertos cercanos para abastecernos. Porque ninguno estaba dispuesto a morir de hambre.

Pero como la vida da muchas vueltas y a veces la intuición popular es acertada, cuando ingresábamos a la capital junto a Miller y vimos que las tropas realistas partían hacia la sierra con sus armas, la mayoría de nosotros pensó que se reorganizarían para regresar por lo que consideraban de ellos. Y así fue. Resultó que los primeros días de septiembre llegó a nuestros oídos la noticia de que el ejército realista se había reorganizado en la sierra y marchaba sobre Lima para recuperar la ciudad y el virreinato. Muchos nos alegramos al conocer la noticia. A estas alturas y frente al estado de abandono en que nos tenían los ahora patriotas peruanos, deseábamos que la victoria fuese de los virreinales.

Desde las naves podíamos observar cómo las tropas de tierra se reorganizaban en medio de un ambiente de caos total. Cuando cayó Lima, Monteagudo, en su soberbia, dio por terminada la guerra y ahora todo renacía.

Este desorden nos perjudicó, porque dejaron de llegar los alimentos, pero a la larga terminó favoreciéndonos.

Cochrane fue citado a tierra y, de acuerdo a lo que nos informaron los oficiales, los peruanos le pidieron nuestro apoyo y que les entregásemos nuestro armamento. Pero si éramos pocos, mal alimentados ¿de qué podíamos servir? Además tampoco ofrecieron cancelar nuestros salarios, por lo que no existía ningún incentivo.

Unos días más tarde llegaron a las afueras de la ciudad las tropas enemigas dirigidas por un general Canterac y el terror se adueñó de Lima, pese a que, después lo supimos, el ejército proveniente de la sierra era inferior en número a las tropas que defendían la ciudad. Para aumentar el temor en los patriotas, el general realista se dirigió con sus tropas directamente al fuerte del El Callao, donde aún permanecían soldados leales a España y muchos acaudalados limeños con sus tesoros y se atrincheró ahí. Pero la falta de suministros lo obligó a salir sin que nadie se los impidiera. Se dijo en su momento que se llevó consigo una cuantiosa fortuna de la que ahí se guardaba, antes de partir de regreso a la sierra.

Pero Las Heras, que había reemplazado a San Martín en el mando del ejército, estaba atado de manos por el protector, que le impedía atacar. Al parecer San Martín no era un soldado, porque habíamos visto que siempre evitaba el enfrentamiento.

En todo caso, en lo que a nosotros concernía, no estábamos dispuestos a luchar por una causa que nos había traicionado y así se lo hicimos saber a nuestros oficiales que me imagino, se lo comunicaron a Cochrane.

Ocurrió que mientras permanecíamos en el puerto como meros espectadores, vimos zarpar a dos naves pequeñas, una de ellas la *Sacramento,* que el protector había tomado para su uso privado. Pronto el almirante supo que Monteagudo enviaba en ellas parte de los tesoros rapiñados en Lima para protegerlos del ataque de los realistas.

Seguramente Cochrane, harto de los desaires, vio ahí la tabla de salvación para nuestra penosa situación y zarpamos en pos de esas embarcaciones que anclaron en Ancón, donde el almirante procedió a incautar los fondos de una de ellas. Por alguna razón, que me imagino asociada a su caballerosidad, impidió que tomáramos los tesoros de la *Sacramento.*

Aun así tuvimos que esperar unos días mientras los contables ordenaban las planillas. Hacia fines de septiembre, cuando comenzó el pago de los salarios atrasados, la euforia entre nosotros fue total, hasta cuando nos dimos cuenta de que los recursos no alcanzaban para pagarnos todo lo que se nos adeudaba. Cuando esto se supo, el malestar llegó al máximo, las deserciones, sobre todo de marineros extranjeros, aumentaron. La tripulación de la *Lautaro,* furiosos porque no se confiscaron los dineros de la *Sacramento,* se amotinó y la saquearon, pero llegaron tarde. Alguien la descargó antes.

Algunos de nosotros, los que por diversos motivos nos sentíamos más cercanos al almirante, intentábamos persuadir a la marinería para que no continuaran abandonando la misión, pero por otra parte, naves del protectorado navegaban en torno a nuestros barcos invitando a la tripulación a desertar, ofreciéndoles un mayor salario que el que se pagaba.

Incluso algunos marineros que antes habían desertado, viajaban a bordo de estos botes y se burlaban de nosotros porque no los seguíamos. Estas situaciones fortalecían las posiciones de algunos y debilitaban las de otros que, a las pocas horas, abandonaban nuestras naves para unirse a una flota peruana inexistente. Salvo algunas naves menores que se salvaron la noche en que capturamos e incendiamos varias naves en El Callao, la Armada Peruana no tenía más. Ahora, con las deserciones, disponían de tripulantes y carecían de naves, al revés de nosotros.

Por lo que escuchamos, el mayor temor del almirante era que algunos de los altos mandos ingleses que se entregaban al protectorado, intentasen llevarse las naves con tripulantes y todo. Pero eso no ocurrió.

El rumor que corría era que San Martín quería arrebatarle la flota a Chile y con ella iniciar una incursión para someter al dominio del Perú a Chile y a las Provincias Unidas de la Plata. Se decía que quería un imperio gobernado por un rey que se traería desde España y que con Bolívar se repartirían todo lo que quedaba del imperio español por este lado del mundo.

A la mayoría de nosotros estas ideas nos parecían descabelladas, pero años después supe que tenían mucho de verdad.

La captura de la nave en Ancón y el decomiso de su contenido para que nos pagaran parte de nuestro salario, pienso que representó la ruptura definitiva entre San Martín y Cochrane, porque nunca más se supo que el almirante fuese a parlamentar con el general.

Por otro lado, las deserciones nos tenían al borde de la parálisis, lo que obligó a reclutar tripulantes en el puerto entre los pescadores, esclavos libertos y gente que deambulaba buscando en qué ganar unos duros. Poco faltó para que repitiéramos lo que se hizo conmigo cuando me embarcaron a la fuerza después de una noche de juerga.

Un día arribó a bordo un enviado del general que se reunió con Cochrane. Por supuesto que no supimos de primera fuente sobre qué se habló, pero el almirante, generalmente muy cortés, lo despidió de una forma no tan elegante. Lo que llegó a nuestros oídos fue que el personaje traía instrucciones de San Martín que nuestro jefe rechazó diciendo que él navegaba bajo las órdenes del Gobierno de Chile y nada lo obligaba a acatar las instrucciones del gobernante de otro país. Si fue o no cierto esto, nunca lo supe.

Pocos días después llegó una partida de alimentos y Cochrane dio instrucciones de preparar el zarpe. Ese mismo día se reunieron los oficiales con él y luego asumieron los nuevos capitanes en cada una de las naves. En el *Araucano*, la nave en la que yo continuaba embarcado, tomó el mando el capitán Simpson, que comenzó a darnos las instrucciones pertinentes y nos explicó que al día siguiente, el 6 de octubre, zarparíamos hacia Ancón.

Este zarpe más parecía una fuga. No sé de qué huíamos, pero indudablemente fue una partida algo repentina. Los rumores que llegaron a nuestros oídos fue que el protector expulsó del Perú a nuestra flota porque Cochrane no se la quiso entregar para que formara su propia escuadra naval.

Así, entre gallos y medianoche dejamos El Callao, ese puerto que nos dio tanto alegrías como tristezas y que sin saberlo, conquistamos para beneficio ajeno.

Episodio 12

NUEVAS RUTAS

Recalamos en Ancón, el puerto desde el que nos despediríamos definitivamente del Perú, donde los oficiales se reunieron en la almiranta con Cochrane y de regreso en cada nave pasaron lista y nos dieron las nuevas instrucciones. Algunos marineros que tenían heridas fueron trasbordados y al resto se nos dijo que nos preparásemos porque se iniciaba la última etapa de nuestra misión. Varios nos miramos y nos encogimos de hombros pues entendíamos que la misión se había completado y que ahora lo que faltaba era retornar a nuestro puerto de origen.

Luego de las deserciones, era evidente que los tripulantes éramos insuficientes para gobernar todas las naves, salvo que pusiésemos proa a Valparaíso y se diese por concluido el viaje, lo que a la mayoría de nosotros, los antiguos, nos parecía lo más acertado. Pero Cochrane tenía otros planes.

Una tarde, después de la retreta, observamos movimiento en algunas naves de la escuadra —me pareció reconocer a la *Lautaro* y al *Galvarino*, además de las dos fragatas que capturamos en El Callao— que muy pronto se pusieron en movimiento enfilando hacia el sur. Me llamó la atención pues a esas naves fueron trasladados los marinos que estaban en peores condiciones físicas, incluidos algunos enfermos de tercianas. A bordo del *Araucano* ningún oficial hizo mención al respecto, pero todos pensamos que se preparaba el zarpe para regresar a Valparaíso y a bordo se desató una especie de euforia. Yo, por mi carácter retraído y conocedor de que las decisiones del almirante no siempre respondían a la lógica de la tripulación, me mantuve cauteloso. Y tuve razón.

De madrugada zarpamos rumbo al norte, lo que causó una gran decepción entre la tripulación antigua, aquella que ya llevaba un año fuera de sus hogares y que pocas horas antes celebraban el retorno a casa. Muchos amenazaron con amotinarse, pero los oficiales, con un discurso breve, lograron controlar la situación. La verdad es que yo también sentí tristeza al ver que mi sueño de regresar a Valparaíso se esfumaba, pero como no me había hecho grandes ilusiones, no me sentí tan afectado.

Me parece importante referir que al comienzo de nuestra campaña los oficiales ingleses y de los Estados Unidos, lo mismo que lo marineros de esas nacionalidades, se mostraban altaneros, como que nos miraban en menos a los chilenos, pero después de combatir codo a codo con ellos, esa actitud fue cambiando y ahora, cuando enfrentábamos la que parecía ser la última etapa de nuestra misión, su trato era bastante fraternal. Tal vez obedecían instrucciones del almirante, no lo sé. En todo caso no fue ese el comportamiento del mayor Miller conmigo, que siempre mostró una especial deferencia hacia mi persona.

A los reclutas recién embarcados en El Callao y para otros que se sumaron en Ancón, el inicio de su primer viaje representaba todo un desafío y nosotros, los más antiguos, tuvimos la misión de convertirlos en hombres de mar en pocos días. Eso nos sirvió de distracción y las amenazas de motín de los más rebeldes, se fueron diluyendo como la niebla matinal.

Debo decir que llamaba mi atención que reclutásemos nuevos marinos si estábamos por regresar a Valparaíso y se suponía que, salvo que apareciesen las fragatas españolas que provocaban el insomnio del almirante, no se vislumbraba algún enfrentamiento. Quizás los comandantes sabían de alguna flota española decidida a recuperar los territorios perdidos y a nosotros nada se nos había comunicado. Pero no dejaban de ser especulaciones mías, que no difundía para no inquietar más los ánimos.

Poco a poco y atando cabos, fui dilucidando la situación. Era evidente que para Cochrane Guayaquil tenía un magnetismo especial y la *Prueba* y la *Venganza* eran sin duda, su obsesión. Pronto nos comunicaron que hacia ese puerto nos dirigíamos y a la captura de las dos naves españoles nos enfrentaba el futuro.

Arribamos a Guayaquil el 18 de octubre y de inmediato el almirante tomó contacto con astilleros que pudiesen reparar las naves. Todas, especialmente la *O'Higgins*, mostraban problemas. La nave insignia de nuestra escuadra, después de encallar en la isla Quiriquina, nunca volvió a ser la misma y según los que navegaban en ella, el peligro de hundimiento era inminente. .

Durante el mes y medio que permanecimos en ese puerto nos entregamos a la gran vida. Después de tantos meses de privaciones de todo tipo, de luchar contra enemigos y contra otros que creíamos amigos, era necesario el descanso. Algunas horas trabajábamos instruyendo a los reclutas para luego dedicarnos a recorrer el puerto en cuyos burdeles y cantinas quedó gran parte de los salarios que nos habían pagado en El Callao antes de zarpar.

En mis andanzas conocí y me enamoré perdidamente de una mulata guayaquileña, cuya edad era difícil de calcular pero de un cuerpo que mostraba la plenitud de sus atributos y de un rostro color canela, de piel perfecta, que servía de marco a unos grandes ojos negros y a unos labios invitadores. Se llamaba Clara y no me avergüenza confesar que ella fue la beneficiada con gran parte de los dineros recibidos en El

Callao. Gastábamos en pasteles fabricados por las monjas, acompañados por jugos de frutas que acariciaban el paladar. Le regalé un collar de oro y esmeraldas que compré a un indio de la zona y vestidos hermosos que alguna vez pertenecieron a mujeres nobles del virreinato y que seguramente un pirata robó en alguna de sus correrías.

Por las tardes realizábamos caminatas en el puerto y muchos atardeceres nos bañamos desnudos en recodos del río ocultos por la espesa vegetación o hicimos largas caminatas hasta la playa para hundir nuestros cuerpos en ese océano de aguas tibias, tan distintas a las de las costas de Vichuquén.

Ella me evitó los amores de burdel o las visitas a cantinas en las que las riñas eran el pan de cada día. Por las noches regresaba al *Araucano* para dormir y durante la mañana trabajaba preparando al contingente que me fue confiado, pero muy pronto, después del rancho, salía al encuentro de mi amada.

Una de esas tardes, mientras disfrutábamos de un baño y de los placeres del amor, aparecieron tres hombres en nuestro escondite que creíamos secreto. No recordaba haberlos visto. Me sacaron por la fuerza del agua, me golpearon, tomaron a Clara desnuda, la violaron sin piedad, mientras ella se defendía y gritaba con toda la fuerza de sus pulmones. En algún momento logré zafarme de los brazos que me ataban y golpeé al desalmado que arruinaba mi romance y mi vida. Pero otro de ellos se abalanzó cuchillo en mano, atravesándome el pecho. Caí de espaldas justo en el momento en que, por detrás, golpeaban mi cabeza. No recuerdo más.

Desperté en el *Araucano*, mientras el doctor de a bordo curaba mis heridas. Lo primero que me dijo fue:

—Tuviste suerte, Félix. La herida no es muy profunda ni tocó ningún órgano. Además logramos limpiarla a tiempo.

—¿Y Clara? —pregunté de inmediato.

—¿Quién es Clara? Si te refieres a quién estaba contigo, no lo sabemos. Algunos de los nuestros que caminaban cerca del lugar, escucharon gritos de una mujer y acudieron al llamado, pero solo te encontraron a ti, muy maltrecho. No había nadie más, aunque supusieron que estabas con compañía por las ropas de mujer que encontraron en el lugar.

—¡Debo levantarme para buscarla!

—Tendrás que esperar un par de días. Estás débil porque perdiste mucha sangre.

Resignado, permanecí en mi hamaca donde me visitó el capitán Simpson para entregarme palabras de aliento.

—Lo que más siento, además de la pérdida de mi novia, mi capitán, es que he participado en muchas batallas, tanto que ya perdí la cuenta y nunca recibí una herida. Y ahora, estando indefenso, soy atacado por unos desalmados que no solo hieren mi cuerpo, también mi alma.

—Supuse que tenías una novia porque me dijeron que junto a ti encontraron ropas de mujer.

—Si, mi capitán. Tenía un romance con una guayaquileña muy hermosa a la que ahora debo buscar. La violaron frente a mis ojos esos rufianes y si los encuentro, los despedazo.

—Es un puerto peligroso. Si te consuela, a varios de nuestros hombres los asaltaron a la salida de cantinas y burdeles. En todo caso hay dos situaciones que debes tener en cuenta. Aún estás débil y por otra parte pronto zarparemos. Creo que, aunque te duela, debes olvidar a esa muchacha.

—Mi capitán, mañana como pueda me levantaré e iré a su casa. Si la encuentro, créame que no sé si regresaré al *Araucano*. Pienso que después de lo ocurrido, es mi deber permanecer junto a ella.

—Te repito que no sé si será bueno para ti levantarte. Quizás sea muy prematuro.

Esa noche el médico de a bordo me dio una pócima que me hizo dormir profundamente. Desperté por la mañana y muy animoso me levanté. Descendí al puerto y lo más rápido que me permitían las piernas, me dirigí a la pequeña cabaña en la que habitaba Clara junto a su familia. Al verme en la puerta, su padre me miró con cara de fiera:

—¿Dónde está mi hija? —preguntó en tono airado. De inmediato comprendí que ella no regresó después de nuestra salida y las peores presunciones acudieron a mi mente. Me puse a llorar como un niño. El padre y la madre, que también se había asomado, me miraban consternados. Ella fue por un vaso de agua que algo me calmó. Les expliqué, sin entrar en detalles, que paseábamos por la ribera del río, que nos asaltaron tres individuos, que pese a que me defendí y a ella, me redujeron a golpes, que aún eran visibles los moretones, que además me dieron una puñalada —les mostré la herida para dar más credibilidad a mi relato— que luego golpearon mi cabeza y perdí el conocimiento. El chichón daba cuenta de la veracidad de mi historia. Les expliqué que desperté en mi nave porque unos colegas acudieron a los gritos de una mujer, que imaginé eran de Clara, pero que cuando llegaron solo encontraron mi cuerpo herido. Ni rastros de los agresores ni de Clara.

Mis lágrimas contagiaron a la madre que de inmediato salió de casa por unos parientes y vecinos para ir en busca de mi amada. Yo estaba dispuesto a unirme a ellos, pero el padre me lo impidió. Dijo que no quería saber nada de mí, que era un cobarde porque no había sabido defender a su hija y diciendo esto, me expulsó de la casa.

Regresé abatido al *Araucano*. Cuando el doctor examinó mis heridas, me sugirió que regresase a la hamaca. Pasé dos días sin comer y bebiendo esos brebajes amargos que me daba el médico. Al tercer día se acercaron unos compañeros de la nave y me dijeron que estaban dispuestos a acompañarme para buscar a Clara y que si encontrábamos a los malvados, les daríamos la paliza de sus vidas.

Aunque me sentía muy débil después de mi permanencia en cama, fuimos cuatro los que desembarcamos y de inmediato nos dirigimos al recodo que yo creía secreto. No encontramos ni un rastro que nos permitiera dar con el paradero de Clara. En un bote que consiguió uno de mis amigos recorrimos la ribera hasta Puná, la isla que divide la desembocadura del río, sin resultados.

Al día siguiente hicimos el recorrido en sentido inverso, o sea hacia Guayaquil, pero tampoco encontramos nada.

Acompañado de mis amigos regresé al hogar de Clara. Salió su madre que me dijo que para ellos tampoco los esfuerzos habían dado fruto.

En el *Araucano* el capitán nos citó a su camarote para informarnos que al día siguiente zarparíamos. Le respondí que yo no iría a ninguna parte, que me quedaría en Guayaquil hasta dar con el paradero de la mujer que había conquistado mi corazón. Aseguró que lo lamentaba mucho porque me consideraba un elemento importante dentro de su tripulación, que recapacitara mi decisión.

Esa tarde, después del rancho y la retreta, me visitó el médico y me dio un tónico distinto al habitual. Tenía un sabor extraño, algo más dulzón.

—Todavía te noto débil y esto es para que te relajes y recuperes fuerzas— me dijo.

Le expliqué que era mi última noche a bordo, que temprano descendería para continuar con mi búsqueda y que permanecería en Guayaquil.

—No importa, tómalo igual porque te hará bien.

Cuando desperté al mediodía siguiente, estábamos en altamar.

Episodio 13

ACAPULCO

Los días siguientes fueron de mucha tristeza. Me invadía una enorme pena y hasta pensé en arrojarme al mar. No era extraño ver tiburones girando en torno a las naves y pensaba que, si lo hacía, ellos darían rápida cuenta de mí. Además que tampoco me sentía muy bien. Pese a las curaciones, desde la herida aún fluía un líquido blanquecino y el dolor era intenso. El practicante de a bordo me dijo que me notaba algo afiebrado.

Pero el paso de los días, los atardeceres y la compañía de los amigos —que no creía tenerlos hasta ese momento— que estuvieron conmigo en esas circunstancias difíciles, fueron amainando mi tempestad interna y mi salud mejoraba. Me sentía más animoso y además, como continuábamos preparando a los nuevos reclutas, me mantenía ocupado y distraído por muchas horas. .

En el intertanto, hicimos aguada durante una breve detención en una playa que denominaron Salango, algo más al norte de la desembocadura del Guayas. Cada marino bajaba con un barril que debía llenar en los arroyos cercanos. Cuando tomé uno para descender, el capitán me detuvo.

—Mejor no bajes. Tu pena te puede llevar a decisiones equivocadas.

Y tenía razón. Antes de desembarcar ya tenía pensado perderme en la selva costera, luego encontrar el medio para regresar a Guayaquil y continuar buscando a Clara. Sabía que hallarla era muy poco probable y menos aún con vida, pero no perdía las esperanzas. Con una angustia que a ratos me devoraba, después de mucho tiempo por las noches volví a orar, pidiéndole a la Virgen que me diera la oportunidad de reencontrarme con mi amada. Intuía que aun cuando estuviese viva, mientras navegaba en el *Araucano* nos movíamos en mundos tan separados, que era imposible el reencuentro.

Pero el tiempo se encargó de ir borrando de mi mente la imagen de Clara, tal como ocurría con Teresita Cuevas, mi amor imposible de Vichuquén que a estas alturas solo era una remota sombra en mi memoria.

Mientras permanecimos en esa playa hermosa, frente a una isla en la que se podían ver muchas aves, focas, lobos marinos y delfines, escuché al capitán decirle a otro oficial que la reparación de la *O'Higgins* no había servido de mucho, que continuaba haciendo agua. Al parecer nuestra principal nave estaba herida de muerte y pensé, con optimismo, que eso nos obligaría a regresar a Valparaíso, ojalá con una escala en Guayaquil. Si así era, no dudaba que descendería en ese puerto, aun cuando fuese necesario fugarme a nado, y ahí me perdería para siempre buscando a mi amada.

Pero como solía ocurrir, me volví a equivocar. Ningún inconveniente se oponía a la obsesión de Cochrane por capturar a las naves españolas.

La navegación hacia el norte era lenta a raíz del problema de nuestra capitana que no podía desplegar todo su velamen porque, según escuché decir, sus mástiles estaban podridos en las bases. Además nos movíamos pegados a la costa por si encontrábamos a los barcos enemigos ocultos en alguna ensenada.

Durante el viaje capturamos un falucho pirata y la *Valdivia* —que fue el nombre con el que se rebautizó a la *Esmeralda*— dio caza a un bote en el que navegaban varios ingleses, de esos que desertaron en El Callao para unirse a San Martín y que se hartaron del general porque no cumplió sus promesas. Para sobrevivir se dedicaron a la piratería. Nunca supe si en definitiva Cochrane los recibió de nuevo a bordo o si le permitió seguir en sus correrías. Al *Araucano*, no llegó ninguno.

El problema de la *O'Higgins* obligaba a acercarnos a las playas cada cierto tiempo porque las bombas eran incapaces de achicar el agua que entraba por una abertura cercana al timón y que ni los carpinteros de a bordo ni los de tierra lograron clausurar. Anclada cerca del mar, los tripulantes de todas las naves nos turnábamos para achicar con baldes y así evitar que se fuera a pique. Cochrane trasladó las bombas de la *Valdivia* para el achique, pero como su calado era menor, hubo que perforar el casco de la *O'Higgins* y por esos agujeros botar el agua. Una solución que requería de menor esfuerzo humano, pero a mi parecer, hombre carente de todo conocimiento de construcción naval, más riesgoso.

Pienso que el almirante, inquieto por naturaleza, debe de haber estado desesperado por la lentitud de nuestro avance. En una de estas detenciones y parece que para ganar tiempo, envió a la goleta *Mercedes,* una pequeña embarcación que habíamos capturado en una de nuestras recaladas, para que viese si en Panamá estaban las naves realistas.

Todos estos movimientos no conseguían calmarnos. Esta vida tan parsimoniosa permitía que la inquietud a bordo se acrecentase con el paso de los días. Cada vez cobraba más fuerza entre los tripulantes la idea de que este viaje obedecía a un capricho del almirante y no a una necesidad. Todos pensábamos que capturar esas naves no iba a cambiar la historia, que Perú, Chile y toda América ya no pertenecían a la corona española y que era imposible que la recuperase.

Pero sin duda que Cochrane pensaba otra cosa. Lo más probable, especulábamos, era que hubiese dinero de por medio. Para ninguno era un secreto que ese era el motor que movía a las personas, incluidos nosotros, modestos marineros. ¿Pero podía llevar esa ambición a poner el riesgo la vida de muchos tripulantes? Todos coincidíamos en que sí. Casi todas las guerras obedecían a la codicia y a los interesas de unos pocos y la cuenta se pagaba con la vida de muchos, generalmente los más pobres e ignorantes.

Transcurrían los días sin tener noticias de la *Mercedes* y al parecer entre los jefes se temía lo peor. Tal vez por eso, mientras a bordo del *Araucano* divagábamos sobre el futuro, nuestra misión, las razones de la guerra y las planificaciones de motines, nos llegaron instrucciones de zarpar rumbo al norte, adelantándonos al resto la flota. Los objetivos eran ubicar a la *Mercedes*, a las naves españolas y bloquear el puerto de Acapulco, donde tal vez podrían estar esos barcos que le quitaban el sueño a nuestro almirante.

A fines de diciembre anclamos en las afueras Acapulco. En verdad, pretender que nuestra nave con sus dieciséis cañones bloqueara ese puerto magnífico en sus defensas, era de un optimismo excesivo. Si nos hubiesen disparado desde uno de los dos fuertes que cubrían la entrada a la rada, con la primera andanada nos barrían del océano. Por otra parte yo no le veía sentido a bloquear este puerto que se suponía amigo. Pero con seguridad algo sabrían los jefes que yo desconocía

En todo caso, entre tantos mástiles que apuntaban al cielo, no se distinguían los de nuestras presas.

Cabe hacer notar que Acapulco era el puerto de enlace que tenían los españoles para la flota que provenía de las Filipinas. Esas naves arribaban cargadas con las riquezas conseguidas para la corona en oriente. Desde ahí, por tierra eran trasladadas hasta Veracruz, desde donde zarpaban hacia España.

Como nos era del todo imposible bloquear el puerto, el capitán Simpson resolvió bajar y tomar contacto con las autoridades mexicanas a nombre del Gobierno de Chile y pedir informaciones sobre la *Prueba* y la *Venganza*. Me correspondió ser uno de los acompañantes, no imaginando lo que estaba por ocurrir.

Sin mediar un motivo, los encargados del puerto nos detuvieron, encerrándonos en el calabozo de uno de los fuertes. Todas las protestas de mi capitán, que alegaba que se estaba vejando a la autoridad de un país amigo, caían en el vacío. En algún momento un oficial del ejército o de la armada mexicana se acercó a la mirilla de nuestra celda y pidió credenciales oficiales. Como el español de Simpson no era el mejor, tomé la palabra y les expliqué que éramos la avanzada de la flota chilena que andaba tras las últimas naves de la marina española, luego de la caída de Lima en manos patriotas. Que por informaciones recibidas, suponíamos que podrían estar en ese puerto que creíamos amigo de Chile.

El mexicano se retiró, aparentemente satisfecho con mi explicación y supusimos que estaba cercana nuestra liberación. Pero transcurrieron varios días, en los que se nos suministraban buenos alimentos, agua y se mantenía aseada nuestra prisión, hasta ser liberados. Entonces el capitán fue citado a la oficina del gobernador, donde se excusó por su comportamiento argumentando que, lamentablemente, nos confundieron con unos piratas que merodeaban por la zona.

Después conocimos dos de las razones que lo llevaron a tomar estas medidas. La primera, el gobernador estaba coludido con unos comerciantes españoles que cargaban sus navíos al momento de nuestro arribo. Pese a que se suponía que España y México estaban en guerra, en Acapulco existía mucha armonía entre ambos bandos y la presencia en el puerto de nuestra nave que enarbolaba la bandera del enemigo de los españoles, incomodaba el negociado y al parecer la solución más práctica que encontró la autoridad fue apresarnos con el pretexto de confundirnos con piratas. El otro motivo no se conoció hasta el posterior arribo del almirante.

Mientras nosotros permanecíamos en el calabozo de una de las fortalezas, donde nos sorprendió el fin del año, el *Araucano* fue abordado por tropas mexicanas y obligado a fondear bajo los cañones del otro fuerte, sin que al oficial a cargo de nuestra nave se le dieran explicaciones ni sobre los motivos, ni con respecto a nuestro paradero.

Por curiosa coincidencia, cuando el transporte hispano zarpó, nos liberaron y a partir de ese momento ocurrieron la reunión y las excusas. Me imagino que al gobernador le habrían informado que nosotros éramos la vanguardia de la expedición chilena, porque las atenciones se multiplicaron. Pero Simpson, muy molesto, no estaba para recibir adulaciones y decidió zarpar de inmediato para advertir al almirante sobre lo que nos había ocurrido.

Pese a que éramos cuatro los detenidos, el cautiverio me permitió conocer mejor al capitán Simpson. Nos contamos nuestras respectivas vidas, sin duda la de él, procedente de un país tan lejano como Inglaterra, prometía ser mucho más interesante que la mía, aunque después de su narración pude deducir que eran muy pocas las diferencias, salvo por el grado.

Me contó que llegó a Chile en junio de 1818 junto al almirante Cochrane a bordo de la *Rose*, que siendo muy joven conoció al que era nuestro jefe y que viajó a Chile, un país que, me confesó, no conocía ni en los mapas, a instancias del que consideraba su mentor. Yo le hablé de mi afinidad con el mayor Miller, de la apacible vida campesina interrumpida de sopetón por el rapto para embarcarme y del cambio radical que sufrió mi existencia desde entonces.

Él, que conocía mi drama por la pérdida de Clara, me dijo que, hasta ese momento, no había sufrido penas de amores pero sabía que en algún momento tendría que formar un hogar. Conocía, por experiencias de familiares, lo difícil que era eso para un marino, ausente por mucho tiempo, que la mujer escogida debía saberlo para que no se desengañase por la soledad y necesitaba tener muy claro que, pese al tiempo y la distancia, debía permanecer fiel.

Luego de estas charlas envueltas en recuerdos y nostalgia, concluimos que éramos de edades semejantes, que existían muchos puntos concordantes en nuestras existencias y que ambos amábamos el mar. No lo dijimos en ese momento, pero yo sabía que, al abandonar el encierro, asomarían las diferencias.

Al salir al encuentro del resto de la flota, la primera nave que encontramos fue a la *Mercedes*, capitaneada por el teniente Sheppard, proveniente de Panamá, donde dijo no haber encontrado rastros de nuestras presas.

Afortunadamente estábamos bien provistos de alimentos, porque pasaban los días y el resto de la escuadra no aparecía. Simpson temía que, si salía en su búsqueda, nos podríamos cruzar sin vernos y prefería continuar aguardando.

Transcurrieron casi dos meses del zarpe desde Acapulco cuando, el 28 de febrero, apareció la *O'Higgins* en conserva con las otras naves que formaban la escuadra.

Para entonces, a bordo del *Araucano* la situación era casi insostenible. La tripulación no chilena, empujada desde las sombras por un inglés cuyo apellido no recuerdo pero que tenía el cargo de contramaestre, casi a diario amenazaba con amotinarse. De hecho un día en que el capitán nos reunió a todos en el puente para explicarnos la situación, algunos de los marinos ingleses, hablando en su lengua, le dijeron que se embarcase en un bote y les dejase el control de la nave, que ellos sabían qué hacer para ganarse el sustento. Nosotros, los marinos chilenos defendimos al capitán y su decisión de permanecer a la gira esperando al resto de la flota. Yo entendía que era imperativo comunicar a Cochrane el riesgo que corría si se acercaba a Acapulco.

No sé qué fue lo que disuadió a los amotinados y continuamos como estábamos. Lo mejor de esta espera fue la captura de tortugas, cuya carne era un verdadero manjar.

Cuando nos encontramos, por supuesto lo primero que hizo el capitán Simpson fue informar al almirante del trato descortés sufrido en el puerto por parte del gobernador.

Cochrane, con la osadía que lo caracterizaba, decidió que la escuadra en pleno entrara en el puerto mexicano, con las troneras abiertas y los artilleros en sus posiciones, listos para actuar de ser necesario.

Las Tropas de Marina permaneceríamos junto a los botes con las armas empuñadas, prestos a desembarcar. Nuestro almirante no estaba dispuesto a sufrir una afrenta como la que le hicieran a Simpson, a todos nosotros y a nuestra bandera.

Episodio 14

LA ESCUADRA EN ACAPULCO

Antes de iniciar cualquier acto hostil, Cochrane envió, por medio de uno de sus oficiales, un escrito al gobernador. Por supuesto que los marineros desconocíamos el contenido y lo que hacíamos era conjeturar qué ocurría en la nave principal de la escuadra. Estábamos nerviosos, atentos, preparados para lo que pudiese ocurrir. Las naves presentaban la banda de estribor hacia el puerto mientras nosotros los tripulantes, formados a babor y listos para embarcar si fuese necesario, poco veíamos de lo que ocurría al otro lado. Eso más inquietud nos causaba.

Los minutos transcurrían lentos y el sol golpeaba de lleno nuestras frentes. En esta espera enervante estuvimos dos horas, hasta que escuchamos decir que un bote muy engalanado se acercaba a la *O'Higgins*. Era el gobernador en persona que acudía a dar la bienvenida a nuestra comitiva. Rápidamente nos hicieron formar a estribor, presentando armas a la autoridad que en ese momento subía a bordo de la nave del almirante.

Por supuesto que nada supimos de los temas tratados entre ambas autoridades, pero después trascendió que la otra causa de la desconfianza que llevó a los mexicanos a detenernos al capitán Simpson y a los que descendimos con él a tierra, fueron los comentarios emitidos por dos embaucadores ingleses que llegaron poco antes a Acapulco, arrogándose la representación del Gobierno de Chile con documentos falsificados por ellos y que, entre las mentiras que dijeron, aseguraron que Cochrane se había adueñado de la escuadra para dedicarse a la piratería. Desde este punto de vista podría tolerarse la actitud del gobernador, pero mientras estuvimos detenidos, en ningún momento nos preguntaron ni nos comentaron algo relativo al asunto.

Una vez roto el hielo producto del incidente, aunque los tripulantes del *Araucano* no lo olvidábamos, descendimos a tierra por turnos y en verdad nunca fui acogido en mejor forma que por este pueblo alegre. Las tabernas del puerto se hicieron pequeñas para recibirnos y muchos de los nuestros echaron mano a sus reservas de aguardiente de Pisco para compartirlas con los licores que ellos bebían. Bailamos cuecas junto con las danzas de esas tierras y por supuesto disfrutamos de la compañía femenina, tan necesaria para los navegantes después de las largas travesías.

La comida de ellos era distinta a lo que consumíamos en el campo, pero no por eso menos sabrosa.

Debo reconocer que durante esos días se desvanecieron de mi mente los recuerdos de Clara, Lucila y Teresita Cuevas. Tampoco escuché reproches contra los jefes ni hablar de motines. Los pocos días que permanecimos en ese puerto fueron muy placenteros, salvo un incidente que nos llevó a una gran trifulca con los tripulantes de un carguero de los Estados Unidos.

Mientras nos divertíamos en una taberna, bebiendo y bailando con unas damas locales, sin duda que de poca reputación, aparecieron los arrogantes marinos de este barco y exigieron al dueño que expulsaran a todos los parroquianos porque querían la taberna solo para ellos. El tabernero, un hombre bajito, que hablaba con marcado acento español, se acercó temeroso a nosotros y muy humildemente nos pidió que accediésemos a lo solicitado. Aunque no hubiésemos bebido mucho tequila, ese fuerte aguardiente que preparan los mexicanos con el jugo de una planta llamada agave, igualmente defenderíamos el derecho a permanecer en el lugar, cosa que no agradó a los nuevos clientes que sacaron cuchillo con el ánimo de amedrentarnos. Se equivocaron si pensaron que les dejaríamos libre el paso. Sacamos nuestras navajas y comenzaron los alardeos hasta que uno de los nuestros saltó y rajó el brazo de uno de ellos. De la herida saltó un chorro de sangre que calentó los ánimos y muy pronto estábamos todos entreverados en la disputa. Las cuchilladas, los golpes de puño y pies cruzaban de lado a lado. Mesas y sillas volaban. Los números parecían parejos, unos diez por cada lado y muchos cuerpos se veían en el piso, algunos revolcándose de dolor por las heridas sufridas. Yo recibí un golpe de puño en el rostro que me dejó sentado en el suelo y sangrando de las narices, pero logré erguirme nuevamente para continuar en la pelea, hasta que un disparo, efectuado al aire por el español pequeño, produjo un repentino cese de las hostilidades.

Entonces ocurrió lo impensado. Alineados frente a frente ellos y nosotros, parecíamos dispuestos a continuar la lucha, pero uno de los estadounidenses soltó una carcajada, que fue secundada por su grupo y a la que nos unimos. Entonces todos dejamos caer nuestras armas al suelo y nos abrazamos como viejos camaradas y continuamos la diversión en conjunto, hasta que alguno más cuerdo nos dijo que era hora de regresar a nuestras naves. Nos despedimos como amigos pese a que varios, entre ellos yo, cargábamos heridas como recuerdo de la refriega.

Lo mío era poco, la nariz hinchada, un ojo morado. Otros requirieron algunas puntadas para cerrar las heridas que previamente el oficial de sanidad lavaba con tequila y el más perjudicado fue un marino de Quillota, con un corte en la cara que le dañó un ojo. Según el oficial no perdería la visión, pero fue necesario suturar y vendar media cabeza. Días después lucía su cicatriz con cierto orgullo.

En definitiva, pese a que las consecuencias no fueron de las mejores, fue uno más de los gratos episodios que nos correspondió vivir a algunos afortunados en Acapulco. Y quizás uno de los más gratificantes de toda la excursión. La lección que saqué fue que era posible la armonía pese a las diferencias.

Pero no se cumplía el objetivo que nos arrastró hasta allá. Según informaron a nuestros oficiales, la *Prueba* y la *Venganza* hacía más de un año que habían fondeado por esos lares, donde permanecieron hasta noviembre del año anterior y desde su zarpe definitivo nada sabían de ellas. Seguramente Cochrane estaba contrariado con esta noticia. Habíamos recorrido gran parte del océano Pacífico buscando a un enemigo que siempre encontraba la forma de eludirnos. Pienso que, a estas alturas, el almirante debe de haber estado harto y con tantos deseos de regresar a Valparaíso como nosotros. Yo me imaginaba que, teniendo una mujer tan hermosa como lady Katherin, lo único que desearía sería estar en casa a su lado. Recordé lo que conversamos con el capitán Simpson cuando estuvimos encarcelados, sobre lo difícil que era para un marino formar un hogar y los requisitos especiales que debía tener la mujer que lo escogiera como compañero de vida. Desde ese punto de vista, no lograba imaginar si alguna de las mujeres a las que había amado cumplía esa condición.

Pese a ser uno de los puertos más grandes de todos en los que habíamos recalado, tal vez por las luchas internas por el poder no existía mucho orden y uno de los problemas que encontramos para continuar con nuestro viaje, era no disponer de los suministros necesarios. Requeríamos harina y carne de vacuno que en Acapulco costaba conseguir. Para obtener estos alimentos e interceptar una nave española que, por datos obtenidos por Cochrane, seguramente zarparía hacia Manila con algunos tesoros, el almirante instruyó al capitán

Wilkinson, de la *Independencia,* para que junto a nosotros en el *Araucano,* nos internásemos por el golfo de California buscando unas misiones de jesuitas y franciscanos que cultivaban la tierra, criaban ganado vacuno y educaban a los nativos.

En ese momento, lo que iba quedando de la Escuadra Libertadora que zarpara de Valparaíso el 20 de agosto de 1820, se separaba definitivamente. El resto de las naves se iba con la misión de interceptar el barco de Manila y posteriormente continuaría hacia Guayaquil, excepto la *Mercedes*, que enviada antes, dejó puerto rumbo a Panamá, donde Cochrane suponía ocultas a la *Prueba* y a la *Venganza.*

Pienso que si nosotros íbamos hacia el norte en busca de más alimentos, era para abastecer a toda la flota y que la intención inicial sería reunirnos nuevamente en Guayaquil, idea que por lo demás me atraía mucho. Aún no perdía las esperanzas de encontrar a Clara, cuyo recuerdo renacía en mi memoria cada vez que escuchaba el nombre de esa ciudad.

Episodio 15

CALIFORNIA

En conserva con la *Independencia* comenzamos nuestro viaje hacia el norte, navegando rumbo al Golfo de California. Como destino teníamos un puerto llamado Loreto, donde estaba la sede de los jesuitas que se dedicaban a cultivar la tierra, a evangelizar y a educar a los habitantes de la zona, en la que, según nos informaron, además de los naturales que llamaban dóciles, por los alrededores todavía habitaban muchas tribus de indios hostiles.

Pero antes de internarnos en el golfo, nos detuvimos en una isla de un archipiélago llamado las Tres Marías, donde desembarcamos todos. Ahí se reunieron los dos capitanes, Wilkinson y Simpson, decidiendo redistribuir las tripulaciones. En la *Independencia* abordamos los que pertenecíamos a las Tropas de Marina.

Antes de zarpar, nos enviaron a capturar tortugas cuya carne habíamos probado anteriormente y era deliciosa, pero las de estas islas no tenían el mismo sabor agradable. En todo caso igual las comimos y nos llevamos sus caparazones pues el carey se vendía a muy buen precio.

A partir de ese momento nos dividimos. El *Araucano,* siempre al mando de Simpson, se dirigió directamente a Loreto y Wilkinson nos reunió para indicarnos que nuestra misión sería buscar y capturar a la nave que zarparía de algún lugar del golfo rumbo a Manila, que embarcaba muchas riquezas. Yo comenté que me parecía haber escuchado que eso era lo que tenía que hacer el almirante, pero me aclararon que, considerando la extensa costa mexicana, podría zarpar desde cualquier puerto o caleta y que todos los barcos de la flota teníamos que navegar pendientes de esa embarcación. Por supuesto que a la voz de botín la voluntad de los tripulantes se doblegó de inmediato y gran parte de los comentarios que hablaban de motines y rebeldías, se calmaron. Aunque por supuesto estaban los que murmuraban que no era más que una estratagema del capitán para apaciguarnos.

Por la información que recibimos en la isla, la nave que navegaría hacia Manila era la última en zarpar desde algún puerto del golfo de California rumbo a Filipinas, la colonia que aún conservaban los españoles al otro lado del océano. En esa embarcación irían los tesoros acumulados en este lado del continente americano tanto por el estado español como por particulares de esa nacionalidad, antes de que se los arrebatasen las nuevas autoridades del país. Por eso nuestro capitán suponía que debía tratarse de montos incalculables que despertarían la codicia de cualquier persona.

Debo reconocer que me dio algo de tristeza dejar el *Araucano*, la nave en la que llevaba tanto tiempo y donde dejaba algunos amigos. Por los acontecimientos que se sucedieron no imaginé que esa sería la última vez que vería esa embarcación, convertida en mi hogar desde que salimos de Valparaíso. Lo bueno fue reencontrarme con mi amigo Remigio Pérez, con quien nos embarcamos en esta aventura al mismo tiempo, siendo destinados a distintos barcos. Hacía tanto que no lo veía que pensé que o estaba muerto o había desertado en Perú. Ninguna de las dos opciones. Simplemente no coincidimos y aquí estaba, en la *Independencia*, trabajando en sus labores sanitarias. Nos saludamos con mucha efusividad:

—¿Qué ha sido de tu vida, Remigio?

—Aquí estoy, todavía vivo después de todas las aventuras por las que me ha tocado pasar durante este tiempo.

—Lo mismo que a mí. Me hubiese gustado que me curaras cuando me hirieron en Guayaquil. —Mientras hablaba no pude controlar que se me hiciese un nudo en la garganta y se me llenasen los ojos de lágrimas.

—¿Qué te pasó? —preguntó Intrigado.

Le relaté el romance con Clara, el asalto, la violación, lo herido que estuve y todo lo relacionado con ese triste episodio de mi existencia.

Me dijo que lo lamentaba, que le hubiese gustado estar a mi lado para preocuparse de mi salud. Agregó que llegó a bordo de la *Independencia* la noticia de lo que me había pasado, que los oficiales lo usaron como ejemplo para evitar que a otros les ocurriese lo mismo, pero no identificaron al protagonista de la historia.

—Incluso muchos pensamos que era un invento para evitar que los demás nos metiésemos en líos de faldas.

—Lamentablemente fue cierto y yo el actor principal.

Zarpamos con destino al oriente porque a Wilkinson le informaron que en un puerto llamado San José del Cabo estaba anclada una nave española. Me imagino que pensó que era la destinada a Manila cargada de tesoros, porque nos preparó para combatir. Entramos a un golfo muy protegido y rodeado de un paisaje hermoso, que no lograba aminorar la tensión. Navegábamos expectantes y enarbolando la bandera inglesa. Efectivamente vimos a la gira una nave en la que flameaba el estandarte español. Siguiendo la estrategia enseñada por el almirante Cochrane, cubrimos los cañones con telas mientras los artilleros estaban prontos a disparar. Abordo todo era agitación hasta el momento en que Wilkinson nos exigió silencio y que guardásemos las apariencias.

Nos acercamos hasta el costado del barco y cuando nuestro capitán le habló en inglés, el español respondió en forma grosera, arrogante, conminando a Wilkinson para que se presentase en su barco con la documentación correspondiente. Se suponía que en ese momento, españoles e ingleses eran amigos, pero él actuó como si no lo fueran. A nosotros, expectantes y que entendimos todo lo que el desagradable enemigo decía, nos devoraban los deseos de hacer callar a ese fanfarrón.

Wilkinson, muy astuto, no desaprovechó la ocasión que le daba la descortesía del enemigo y ordenó al teniente Vowell que embarcara en uno de los botes junto a un grupo de los nuestros, bien armados, entre los que estuve incluido como segundo de a bordo. Una vez preparados, remamos rumbo al bergantín. Debo confesar que en ese momento tenía miedo, las piernas más me temblaban mientras más cerca estábamos del barco español. Pero cuando llegamos a su costado, como por milagro se me pasó la tembladera. Parece que la mente, frente a la inminencia del peligro, le entrega a uno un líquido o algo que lo hace olvidar el temor y enfrentarlo. No me explico de otra forma lo que me ocurrió en ese momento y en varios otros en los que mi vida estuvo en situaciones difíciles.

Tengo que aceptar que en esa oportunidad y en otras actué como un hipócrita. Cuando el teniente Vowell me escogió para la misión, sentí de inmediato un nudo en el estómago y mi reacción en ese momento debió ser de huida, de saltar por la borda para evitar el peligro, sin embargo, frente a todos los demás que formaban en cubierta esperando órdenes, actué como si estuviese feliz de ser el elegido. En el fondo de mi corazón sabía que era mentira el valor que mostraba solo para no verme débil delante de mis camaradas.

Cuando comenzábamos a abordar la nave española, observé de reojo que en la *Independencia* arriaban la bandera inglesa y enarbolaban la chilena y también pude apreciar que quedaban a la vista las bocas de los cañones, hasta segundos antes cubiertos por la tela. Asimismo pude ver cómo el español palidecía, se le olvidada su orgullo, su soberbia y mientras nosotros le apuntábamos con nuestras armas, dio orden de entregar la nave. Muchos de sus marinos y algunos indígenas que ayudaban en la estiba de la carga, aterrados, saltaban al mar y tuvimos que rescatarlos con nuestro bote para evitar que se ahogaran. La playa no estaba tan cercana y el océano se los hubiese tragado. Este acto sirvió para que tanto soldados como cargadores se diesen cuenta de que nuestras intenciones no eran hacerles daño e incluso el grosero capitán comenzó a tratarnos con mayor deferencia.

Vowell conversó con él en su castellano algo chapurreado y así supimos que no era la embarcación que zarparía rumbo a Manila sino el *San Francisco Javier*, dedicado a trasladar mercaderías desde y hacia las misiones californianas. A fin de cuentas, no era un enemigo de temer y nuestro capitán lo dejó en libertad. Yo creo que, aunque hubiese querido, no teníamos tripulación suficiente para tomarlo como presa. La otra opción era quemarlo, medida que nos haría impopulares y necesitábamos ayuda para conseguir nuestros objetivos.

En verdad no teníamos nada que hacer en San José del Cabo, ubicado muy cerca del Cabo San Lucas, donde termina la península de California.

La situación en esta zona era bastante extraña. México aseguraba ser independiente de España, que en consecuencia debería ser su enemigo, pero éramos testigos de una curiosa convivencia entre realistas y patriotas. Entonces resultaba difícil saber en qué manos estaba cada pueblo. Sabíamos que los sacerdotes de las misiones continuaban fieles, en su mayoría, al rey de España, pero en estos villorrios pequeños no podíamos conocer quién era de cada bando y menos cómo seríamos recibidos. Para evitar sorpresas, Wilkinson ordenó tomar la villa y apresar a las autoridades hasta tener la certeza de que no nos atacarían a mansalva.

Los sorprendidos fueron ellos cuando, de noche, tropas chilenas invadimos el pequeño caserío. Es parte de la vida del marino por lo que resultó imposible a nuestros oficiales evitar que algunos de los nuestros comenzaran a causar desmanes, a robar y a perseguir mujeres, pero pronto los jefes, mediante amenazas, lograron controlar la situación. Uno de los prisioneros, que hasta el momento de caer en nuestra manos disfrutaba de una partida de naipes con sus amigos, no sé si por miedo, por solidaridad con la causa de la independencia o para que nos fuésemos pronto, ayudó a conseguir ganado y harina. Además confesó a nuestro capitán que en una caleta cercana fondeaba una embarcación pequeña de los realistas que podría poner sobre aviso a sus partidarios de nuestra presencia, que podría cruzar el golfo hasta su lado oriental, donde se encontraba el puerto de San Blas, posible sitio del que zarparía la nave con destino a Manila. Era importante evitar que eso ocurriera.

La zona estaba repleta de pequeñas caletas y ensenadas donde desembocaban ríos y esteros que llenaban de vegetación exuberante la costa. En cualquier recodo se podía ocultar una embarcación, por eso Wilkinson decidió enviar por tierra al teniente Campbell para que inspeccionara y conjurara el peligro.

En todo el sector vivían algunas personas, en su mayoría indígenas, que se dedicaban a la extracción de perlas, antes muy abundantes pero que ya se estaban agotando. Se sumergían en el mar por largos minutos hasta que reaparecían portando unas ostras que, al abrirlas, guardaban las refulgentes joyas. Yo no conocía las perlas, pero jamás se me hubiese ocurrido que crecían dentro de un molusco. Y tan sabroso por lo demás. De todas formas conseguí unas de buen tamaño para regalar a Clara, si es que la encontraba en Guayaquil o a Teresita Cuevas, en Vichuquén, para que su familia no me mirara en menos.

Es difícil establecer las causas de lo que ocurrió, sobre todo porque no participé en el hecho, pero por lo que me narraron posteriormente, todo se originó porque el dato de la distancia a recorrer que le dieron al teniente Campbell estaba errado. Era el doble y no iban preparados para eso. Llegaron a su destino casi de noche y con los ánimos enardecidos, actuando en forma prepotente con la gente del lugar, la mayoría indígenas pacíficos. Incluso supe que los acusaron de intento de violación de dos mujeres, cosa que mis compañeros negaron. Lo que sí es verdad es que para evitar alguna fuga, perforaron el casco de la embarcación que preocupaba al capitán y se prepararon para pernoctar. Entonces, cuando estaban en reposo y desarmados, fueron atacados con piedras, palos y algunas armas de fuego que los pobladores arrebataron a mis despreocupados compañeros mientras dormían. La reacción de los locales fue porque estaban molestos con la actitud arrogante de estos invasores, que según aseguraron autoridades locales, decían representar a Chile, pero actuaban como los peores piratas.

Campbell y dos marineros murieron. El resto del batallón fue capturado. Cuando nos llegó la noticia, todos queríamos partir de inmediato a vengar a nuestros compañeros, pero como desconocíamos a cuántos nos enfrentábamos, el capitán lo pensó mejor y decidió enviar al teniente Monroy para negociar la libertad de los capturados. Temía que si atacábamos, en represalias podrían asesinar a los nuestros y aunque sabíamos que algunos de ellos estaban heridos, desconocíamos la ubicación y las condiciones de su presidio.

Pero las cosas empeoraron porque también apresaron a Monroy y nuestra ira crecía por minutos. Wilkinson estaba a punto de ceder a nuestra presión cuando la providencia hizo aparecer a un sacerdote, el padre Gallego, que se presentó como el prior de las misiones californianas. El capitán parlamentó con él, por supuesto que a mis oídos no llegaron los temas tratados, pero al atardecer del día siguiente aparecieron en nuestro campamento los prisioneros, los heridos que venían transportados en angarillas de madera por indígenas y en sendas mulas los cuerpos de los tres muertos.

El mismo cura realizó un responso por sus almas y luego los trasladamos a la *Independencia* para que, una vez en alta mar, fuesen sepultados en el océano con los honores correspondientes.

Dentro de todo lo trágico, lo curioso es que luego de la conversación con Wilkinson, el cura decidió declarar la independencia de California, permitiendo que los chilenos fuésemos testigos e invitados a la ceremonia.

Durante los días previos nos atendieron muy bien hasta que aparecieron más de mil jinetes con lanzas y fusiles, muchos de ellos aullando como lobos. Al oírlos se me erizó la piel. Inicialmente pensamos que se trataba de una traición del cura y los que estábamos en tierra nos preparamos para regresar a la *Independencia* y huir o repeler un ataque, aunque el puñado que éramos no íbamos a poder hacer mucho. Aun así buscamos refugio detrás de las rocas y en cualquier sitio que nos diera cobijo. Pero no hubo necesidad de combatir. Se trataba de campesinos e indios pacíficos de los pueblos cercanos que acudían para el acto solemne con el que Gallego pensaba proclamar la independencia de este nuevo país.

Lo que minutos antes nos mataba de miedo, ahora nos mataba de risa. Nos burlábamos unos de otros por la reacción que en cada uno despertó el supuesto ataque.

Ya había asistido a dos declaraciones de la Independencia del Perú, la de Huaura y la de Lima y sin duda que ésta carecía de la pompa con la que se rodeó San Martín. Aquí el cura se presentó en el pequeño atrio de la iglesia local y a viva voz preguntó a la gente que se había reunido en semicírculo si deseaban la independencia del país. Todas las voces, al unísono, respondieron que sí mientras algunos volvían a aullar como lobos y otros gritaban ¡viva México! Nuestro destacamento, formado a un costado de la capilla, presentó armas, mientras desde la *Independencia* se dispararon salvas de cañonazos, que provocaron alguna inquietud entre los asistentes.

Fue curioso, porque los que estaban armados de fusiles, comenzaron a disparar a diestra y siniestra, quizás pensando que se trataba de un ataque artero. Por fortuna no hubo heridos.

Dentro de la modestia de la ceremonia, se respiraba en el ambiente un aire de solemnidad, pero el acto me dejaba algunas dudas. Entendía que México ya había declarado su independencia de España, entonces no me cuadraba que se repitiera esta nueva declaración. ¿O era que la que se estaba independizando era California? Y si así era ¿por qué la gente gritaba ¡viva México!? ¿Sería el padre Gallego el presidente del nuevo país? Decidí que en cuanto me reuniera nuevamente con el capitán Simpson le preguntaría.

Concluido el solemne acto, el sacerdote invitó a los oficiales de la *Independencia* a un ágape mientras nosotros, los marineros, celebrábamos junto al pueblo que preparaba comidas típicas, casi todas a base de maíz y bebía en abundancia una chicha de esa misma planta y otros elíxires producidos en la zona.

Los marineros permanecíamos junto a los campesinos y los indios comiendo, bebiendo y bailando, mientras los jefes, junto al curita, se dirigieron a un paseo campestre a caballo. Yo ya tenía bien convencida a una linda mexicanita para perdernos entre los matorrales, cuando apareció el fraile a galope tendido y gritando algo que no logré entender. Poco más atrás lo seguían los oficiales en sus monturas, aparentemente para capturarlo

Chilenos y mexicanos observábamos atónitos la escena, sin entender lo que ocurría, hasta que el sacerdote se detuvo y comenzó a gritar que lo habían traicionado y que lo querían secuestrar. La gente se volvió enfurecida hacia nosotros, que teníamos nuestras armas cerca de la iglesia custodiadas por un par de marinos que se sacrificaron por el resto. Corrimos hacia allá y llegamos justo cuando los oficiales conversaban con el fraile y daban unas explicaciones que yo no lograba comprender.

La cosa es que muy pronto nos instruyeron de regresar a bordo, que lo hiciésemos por un camino alternativo, más despejado y muy en guardia, porque se temía que nos atacasen.

Varios de los nuestros, que habían encontrado pareja y que estaban algo bebidos, se resistían a cumplir la orden y otros que tomaron más de la cuenta, caminaban zigzagueando. Los que estábamos en mejores condiciones arrastramos a la fuerza a los enamorados y escoltamos, atentos a cualquier ataque, a los que se encontraban menoscabados por culpa del tequila y la chicha de maíz.

Nunca me quedó muy clara la razón de este episodio, pero la verdad es que las relaciones entre mexicanos o californianos con nosotros los chilenos, no fueron muy buenas.

El drama para todos era que aún no aparecía el *Araucano* y conociendo las reacciones aguerridas de los nativos, temíamos que sus tripulantes hubiesen caído en una emboscada mientras buscaban los alimentos que necesitábamos. O tal vez había naufragado, o encallado. Se suponía que varios días antes debió unirse a nosotros y no daba señales de vida.

Me resultaba especialmente sensible este hecho porque muchos de mis amigos navegaban en esa nave que, hasta poco tiempo antes, fue mi refugio.

Porque las naves son como los hogares de los marinos. Aunque casi nada de lo que hay a bordo es propio, uno lo siente así porque es lo único que posee, salvo lo que dejaste en tierra, eso que al momento de zarpar, abandonas sin saber siquiera si volverás a ver a tus seres amados. Y si el mar o el enemigo deciden empujarte a las profundidades, te hundes con todo lo que tienes, como las tortugas marinas, con la diferencia que tú no regresarás jamás a la superficie.

Episodio 16

LA ODISEA DEL *ARAUCANO*

Cada día que pasaba aumentaba nuestra preocupación por la nave extraviada, sobre todo en aquellos que navegamos en ella, dejando amigos a bordo con la promesa de un pronto reencuentro. Además, mientras más tardaba su retorno, más se nos alejaba el anhelado regreso a Valparaíso.

Nuevamente la inquietud comenzó a hacer presa a los tripulantes y los rumores de motín aumentaron. Porque además, por los problemas que tuvimos con los mexicanos, los oficiales restringieron las bajadas a tierra. La verdad es que pasamos susto al regresar a la *Independencia*. Por suerte se buscó una ruta alternativa, porque la que usamos cuando descendimos de la nave para asistir a la ceremonia, supimos que fue flanqueada por campesinos e indios que, agazapados y armados esperaban decididos a darnos un escarmiento por haber asustado al cura.

No terminábamos de entender esa situación porque los oficiales y aquellos que los acompañaron al día de campo no recordaban haber dicho o hecho nada que permitiera presumir una agresión al fraile. Pero al final de cuentas cada persona ve lo que quiere ver y al padre Gallego se le metió en la cabeza que los oficiales lo querían capturar. Tampoco encuentro que haya existido un motivo para ello. ¿Para qué secuestrar al cura? ¿Qué ganábamos nosotros?

Como consecuencia, esta parálisis nos complicaba aún más. Encerrados a bordo, esperando al *Araucano* que no aparecía, con una tripulación deseosa de cualquier forma de acción, como el regreso a nuestro puerto de origen o el asalto a algún poblado en busca de botín o mujeres y nada se podía concretar. Cada marinero tenía sus propios deseos y el capitán Wilkinson no hacía mucho por aquietar los ánimos Todo complotaba contra la vida apacible a la que invitaba la naturaleza exuberante que nos rodeaba.

Podríamos estar en la playa, nadando en compañía de las muchachas que se acercaban a espiarnos desde los matorrales cercanos, bebiendo agua de los cocos que trajimos de la isla del mismo nombre cuando recalamos ahí. En fin, podríamos estar disfrutando de una vida placentera y sin embargo nos devoraba la inquietud.

Por eso el capitán tomó una decisión bastante arriesgada y decidió enviar al teniente Longeville, un inglés que se embarcó en Guayaquil, junto con un guía local de entera confianza, a recorrer por tierra las distintas caletas existentes entre San José del Cabo y Loreto. Creo que supuso que, aunque la distancia no era poca, por mar sería mucho más difícil encontrar al *Araucano*. Además estaba el tema de la nave de Manila. Si zarpábamos, dejaríamos el paso libre a esos tesoros que todos ambicionábamos.

El problema con Longeville era su apariencia británica, su acento inglés y el hecho de ser parte de la tripulación de la *Independencia*, lo que lo convertía en posible enemigo de los mexicanos, que cada cierto tiempo aparecían amenazantes en el sitio que elegimos para establecer nuestro campamento. Longeville y Wilkinson decidieron que era mejor, para disminuir los riesgos, que se disfrazase como un habitante de la zona, vestido con coloridos ropajes, pantalones de cuero y un sombrero que casi no dejaba ver su rostro. Y así lo vimos partir, acompañado de su guía que a muchos nos pareció poco confiable, pero por lo menos yo, preferí no opinar al respecto.

Ambos jinetes partieron en sendos caballos cubiertos con cueros para protegerlos de las heridas que causaba la vegetación de la zona desértica, rica en plantas de aceradas púas que provocaban severas heridas a quienes circulaban entre ellas. Además eran muy frecuentes los encuentros con animales feroces y con serpientes venenosas, las más abundantes, una que llamaban cascabel por el sonajero que tenían en sus colas y que las malditas ocupaban para distraer a sus víctimas.

Era curioso lo que pasaba entre los tripulantes de la *Independencia*. Muchos protestaban porque esto nos obligaba a esperar el retorno de Longeville antes de zarpar rumbo a Valparaíso, otros anhelaban que le fuera bien al teniente y que regresara con buenas noticias y había aquellos a los que les era indiferente lo que ocurriera. Entre estos últimos existía una especie de resignación. Yo, pensando en mis amigos, era de los que deseaba el regreso del teniente con buenas noticias.

Desde la partida de Longeville la espera se comenzó a hacer eterna. Todos los días salíamos algunos a explorar por los alrededores con la esperanza de ser los primeros en tener noticias de la nave extraviada. Lo hacíamos tomando los resguardos necesarios para evitar un posible asalto de los pobladores locales o de algunos indígenas que merodeaban por el sector.

En la espera, las riñas entre nosotros se convirtieron en habituales. Cualquier causa justificaba que nos trenzásemos a puñetazos y muchas veces salían a relucir los cuchillos. Al principio los oficiales castigaban a los que eran sorprendidos, pero pronto se dieron cuenta que eso era mejor a que estuviésemos permanentemente especulando sobre la forma de salir de ahí y regresar a nuestros hogares. O decididamente complotando.

Una tarde, algunos de los aventureros que se alejaron de la nave, regresaron corriendo y gritando. Pensamos que los lugareños nos atacaban a corrimos por nuestras armas, pero fue porque avistaron un bote a remos que se acercaba desde el norte.

No era la primera embarcación pequeña que aparecía por el lugar, pero algo llamó la atención de los muchachos que corrieron a anunciar su llegada.

Cuando atracó en la playa y frente al estupor de todos, vimos descender al capitán Simpson, que, con las piernas temblando, tocó tierra. Los que estábamos cerca corrimos a ayudarlo a él y a sus acompañantes para que caminaran hasta la *Independencia*, donde se les dio de comer y de beber.

Si bien Simpson ingresó en la cabina del capitán para informar lo ocurrido, los que lo acompañaban, una vez recuperados en parte del cansancio, nos relataron su aventura.

Al atardecer encendimos una fogata en cuyo entorno nos sentamos muchos marinos para escuchar el relato. Uno de los marineros de los que venían en el bote, de apellido Montesinos, pidió una guitarra, que no sé de dónde salió y comenzó a relatarnos lo ocurrido en tono de canción, algo que yo nunca había escuchado. La música, la historia, todo acompañado con un vino californiano dulzón y bien suave que alguien consiguió y mientras comíamos trozos de carne y pescados asados, hicieron de la velada algo inolvidable.

Como no puedo reproducir la música, me limito a repetir en prosa lo que nos contó nuestro musical amigo.

El Araucano arribó sin tropiezos a Loreto donde los recibieron, si no amistosamente, por lo menos sin ninguna muestra de hostilidad y menos cuando el capitán Simpson compró varias cabezas de ganado que faenó en el mismo sitio y que los carniceros de a bordo cortaron en lonjas que procedieron a salar para luego secar al sol y convertirlas en charqui.

Mientras se realizaba esta labor, el capitán, como no vio ningún peligro para sus tripulantes, los dejó trabajando y se trasladó a otra pequeña caleta, de nombre Guaymas, en cuyas cercanías existían molinos que podían proveerlos de harina de trigo. En este punto se vio obligado a hacer descender un grupo de marinos para que escoltara las carretas con lo comprado, porque unos indios hostiles asaltaban a los campesinos y les robaban su carga. Por fortuna solo divisaron a la distancia a un grupo de jinetes, al parecer con malas intenciones, que no osaron atacar la caravana que trasladaba el trigo hasta la nave. Concluida esta faena, regresaron a Loreto para que los carniceros abordasen la nave junto con su charqui.

A su regreso Simpson tuvo dos desagradables noticias, la primera, que el mexicano encargado de la guarnición de Loreto, de apellido Mata, sin motivos aparentes atacó al contingente que el capitán dejó a cargo de faenar la carne, acorralándolo en el lugar donde trabajaban. Por supuesto que si los marineros cometieron algún tipo de tropelía durante la ausencia del Araucano, no lo dijeron, ni tampoco nuestro amigo cantor. Esos son secretos que más conviene mantener guardados.

Pero tampoco los mexicanos mostraron mucho valor, porque cuando vieron acercarse a la nave chilena huyeron hacia el interior. Simpson, previendo la posibilidad de un ataque masivo, hizo descender a gran parte de la tripulación, a la que puso a custodiar la faena. Él mismo decidió permanecer junto a sus hombres por si aparecía el tal Mata con más soldados.

Mientras el capitán se encontraba en tierra, observaron que el Araucano comenzaba a zarpar; todos miraban perplejos desde la playa. En algún momento los marineros corrieron hacia la nave, pero ya se había alejado tanto de la costa que resultaba inalcanzable.

Simpson, confundido por la situación, optó por alquilar un bote a los pescadores de Loreto y junto a una pequeña tripulación, dirigirse a remos al encuentro de la Independencia.

Hasta esta parte del periplo duró el canto de nuestro compañero Montesinos, pero la historia siguió desarrollándose.

Posteriormente, por marineros chilenos que se negaron a unirse al motín y que fueron abandonados a su suerte en Puerto Escondido, una playa un poco más al sur, supieron que el contramaestre, un inglés, exhortó en su idioma a sus compatriotas para que se adueñasen de la nave y zarpasen para dedicarse a la piratería.

Puerto Escondido no estaba lejos de Loreto y la mayoría de los tripulantes abandonados decidió regresar caminando por el borde costero, salvo uno, que caminó hacia el sur.

Me imagino que Simpson se encontraba en una situación difícil. Cercado por tropas enemigas y sin nave para escapar, no le quedaban muchas alternativas. Tal vez pensaba que la *Independencia*, suponiendo un naufragio u otra tragedia, había zarpado de regreso para reunirse con Cochrane en Guayaquil, según lo previsto. Yo no podía entrar en la mente del capitán, pero esos días de encierro juntos en Acapulco, me permitieron conocerlo como para saber que debe de haber estado muy preocupado por sus tripulantes y que en ningún caso pensó en salvar su pellejo, dejando abandonado a sus hombres. ¿Qué hubiese pasado con él y sus marinos si no se topaba con nosotros? Respuesta difícil.

Fue en esas circunstancias por las que Simpson decidió dejar al mando del teniente Noyes a la gente de Loreto, asediados por los mexicanos mientras él, junto a otros marineros se embarcaron en el bote hasta San José del Cabo. Un viaje demasiado largo y riesgoso para una embarcación precaria, como pudimos ver cuando nos dirigimos en la *Independencia* hacia el norte para rescatar al resto de los tripulantes.

Con la llegada del capitán Simpson se produjo una nueva situación delicada. Resultaba fácil suponer que la prioridad era ir a Loreto, pero no regresaba el teniente Longeville de su viaje por tierra en busca de la nave extraviada. Por fortuna la situación se resolvió tres días después cuando Longeville con su guía y otro marinero regresaron a nuestro campamento.

Después de reponerse del viaje, el marinero, de apellido Soto, se unió a nosotros para relatarnos que, una vez que fueron desembarcados bajo amenazas de muerte por los piratas en Puerto Escondido, se vieron enfrentados a manadas de coyotes que los acosaban en la playa. Nadie se atrevía a abandonar el lugar por temor a caer en las fauces de las fieras. Además el camino se veía lleno de serpientes cascabel. Antes de partir, los piratas les dejaron algo del charqui que se había alcanzado a embarcar y él, más decidido que el resto optó por caminar hacia el sur con el ánimo de encontrarse con la *Independencia*. Pensando en que el capitán Wilkinson no los iba a abandonar, caminó bordeando la costa por si veía nuestra nave. Perdió la cuenta de los días y noches que había andado cuando escuchó unos cascos de caballo y corrió en busca de ayuda. Resultaron ser Longeville con su guía.

El teniente, que se había integrado a la conversación, nos dijo que informado por Soto de lo que ocurría en Loreto, decidió regresar de inmediato a San José del Cabo.

Nada tardaron los jefes en ordenar el zarpe para rescatar a nuestros camaradas en peligro. Todos olvidamos del tesoro de Manila y estuvimos prestos para partir.

El viento ayudó a que muy pronto estuviésemos frente a Puerto Escondido. Desde la nave no se observaba ningún movimiento, Desembarcamos un pelotón para recorrer la zona, pero sólo encontramos rastros de fogatas y otras señas que indicaban que ahí existió un campamento. Nada indicaba que hubiese habido un combate, un ataque de los indios o de las tropas mexicanas. A gritos llamamos por si aparecía alguien, solo respondió el silencio. A lo lejos merodeaban algunos coyotes que espantamos disparándoles, pero tampoco al estampido apareció nadie. Uno de los nuestros, más avezado en el tema de las huellas, aseguró que se veían señales de que un grupo de personas se dirigía hacia el norte.

Nos reembarcamos y continuamos navegando pegados a la costa, con los sonderos atentos para no encallar. El 4 de marzo de 1822 arribamos a Loreto. El capitán Wilkinson apostó nuestra nave apuntando a las construcciones del villorrio y envió un mensajero para pactar una tregua con la autoridad que estuviese presente.

Pronto regresó avisando que no encontró a nadie, solo algunos habitantes que deambulaban asustados.

En ese momento los jefes me confiaron la responsabilidad de dirigir al comando de Tropas de Marina. Desembarcamos en nuestros botes y di instrucciones de dispersarse para copar la plaza. No encontramos ninguna resistencia. De pronto, tímidamente comenzó a abrirse la puerta del templo y asomaron unas cabezas. No tardamos en darnos cuenta que eran nuestros compañeros, encerrados por los mexicanos que estaban a la espera de un contingente mayor para darles batalla. La alegría de reencontrarnos con muchos de nuestros amigos se desató en abrazos y gritos de ¡viva Chile!

Mientras estábamos en esas muestras de alegría, desde el bosque que rodeaba el lugar apareció un oficial mexicano portando una bandera blanca. Se me acercó y después de saludarme marcialmente, me preguntó:

—¿Escuché que gritaban viva Chile o estoy equivocado?

—No— le respondí. —No está equivocado. Somos miembros de la Marina de Chile que llegamos a estas latitudes persiguiendo a las últimas naves españolas que navegan por el Océano Pacífico.

El hombre me miró con cara de asombro y lo vi enrojecer, pese a su piel curtida por el sol, el viento y el aire marino.

—Tendré que darle una excusa— me dijo después del prolongado silencio. Lo miré sorprendido.

—Soy el alférez José María Mata, del ejército mexicano, a cargo de esta plaza. Y la excusa que le debo es porque escuché hablar inglés a los oficiales de la nave y supuse que se trataba de un ataque pirata, por eso y con la ayuda de los pobladores, porque dispongo de muy poco contingente, empujé a sus marinos hasta acorralarlos mientras llegaba la ayuda que solicité. Pensé que no pagarían las cabezas de ganado que les pidieron a los campesinos. Cuando zarpó la nave se ratificaron mis sospechas y con mayor razón mantuve cautivo a aquellos que quedaron en tierra. Luego regresó la nave y le prometo que no entendía lo que ocurría, pero sentía que mi misión era defender la villa y a sus pobladores. Después la nave volvió a desaparecer y vi zarpar a uno de los que hablaban inglés en un bote con un pequeño grupo, remando hacia el sur. Ahí mi confusión llegó al límite y resolví esperar a que llegara mi apoyo antes de proceder. En eso aparecen ustedes. Créame que lamento mucho lo ocurrido. Como le dije, mi intención solo fue defender mi villa de un ataque pirata.

Yo no sabía si ponerme a reír o golpear al alférez. En el intertanto llegó al sitio en el que tenía la conversación el capitán Simpson y le repetí, a grandes rasgos, la explicación que acababa de escuchar. Se mantuvo serio por unos momentos, pero luego soltó una risotada que nos contagió a todos.

Simpson se acercó al alférez y le dijo en su mediocre castellano:

—Debería hacerlo fusilar por todos los problemas que nos ha causado, pero lo voy a felicitar porque con muy pocos recursos supo defender su plaza — y diciendo esto, abrazó al alférez.

Esa noche los pobladores, repuestos del susto y muy amistosos, nos agasajaron con un pequeño banquete en torno a una gran fogata, que terminó con bailes y música, en nuestro caso entonada por Montesinos, que se acompañó con esa guitarra que apareció de la nada.

Yo me fui a descansar en una choza cercana, acompañado de una hermosa muchacha mexicana.

Pero la fiesta no terminó ahí. No sé cómo ni por qué ocurrió, pero el día 7 de marzo fuimos invitados a una nueva ceremonia. Mata, que se consideraba victorioso por haber repelido el ataque que nunca fue, decidió proclamar la independencia de California y nuevamente nos correspondió ser testigo de ese hecho. Era la cuarta proclamación de independencia a la que asistía.

Luego de una ceremonia muy modesta pero solemne, en que por cortesía saludamos con salvas de los cañones de nuestra nave, nos invitaron a un banquete que puso fin a nuestra permanencia en Loreto. Por supuesto que varios de los nuestros se pasaron de la raya, pero los desmanes no fueron excesivos.

En lo que a mí respecta, ninguna de las noches que pasé en esa villa tuve frío. La muchacha californiana se encargó de evitarlo.

Episodio 17

EL RETORNO

Pasados los festejos, a muchos les volvió a la memoria que, si estábamos en San José del Cabo era para capturar los tesoros de la nave de Manila y desearon regresar para no dejar escapar la oportunidad de hacernos ricos.

El capitán Wilkinson dio orden de zarpar, pero antes nos dirigimos a Guaymas para reponer la harina de trigo que los piratas se llevaron en el *Araucano*. Los pobladores nos acogieron muy bien y pidieron apoyo para que los ayudásemos a combatir a unos indios que cada año, más o menos en la misma fecha, regresaban a robar las cosechas. Pero Wilkinson y Simpson, temiendo un motín por dejar escapar a la nave española, se excusaron.

Muchos sentimos lástima por esa gente de tanto esfuerzo que seguramente perdería gran parte de su trabajo, pero también era cierto que anhelábamos regresar a nuestros hogares y ojalá ricos.

Cuando llegamos a San José del Cabo fuimos informados de que la nave de Manila aprovechó nuestra ausencia para zarpar y a estas alturas ubicarla en la inmensidad del océano sería como buscar una aguja en un pajar. Desilusionados, los jefes decidieron poner proa al sur. A bordo, en cotidianos se convirtieron los lamentos de todos porque regresaríamos a nuestras casas más pobres que cuando salimos,

Entre atraques y zarpes en distintos puertos para hacer aguada y abastecernos de verduras, nos acercamos a la línea del Ecuador en plena temporada de tempestades y nos sorprendió una que por poco no nos manda a pique junto a todos nuestros lamentos. Los vientos arremolinados arrastraban a la *Independencia* a su amaño y todos nuestros esfuerzos por gobernarla eran vanos. De pronto una ola nos elevaba más de diez metros, para dejarnos caer como cae una manzana desde el árbol. El casco de madera crujía como si estuviese a punto de estallar, los mástiles pacerían juncos azotados por el vendaval, los cordajes cortados pasaban como látigos por sobre nuestras cabezas mientras el timonel, atado al timón para no ser arrastrado por el mar, intentaba controlar la nave. A la mayoría de los tripulantes no nos quedaba más que rezar para que Dios, la Virgen y los santos se apiadasen de nosotros.

Yo pensaba en todos los peligros, en todas las situaciones complejas vividas desde que zarpamos desde Valparaíso veinte meses antes y me parecía una ironía del destino que terminásemos en la panza del océano por culpa de un temporal cuando la meta estaba casi a la vista.

Creía que con todo el tiempo que llevaba navegando, ya era inmune al mareo, pero no. En estas circunstancias, todo me daba vueltas y ya no sabía si mis pies estaban sobre la cubierta o en una nube. Creo que vomité todos los manjares que nos dieron en California para celebrar las dos fiestas de la independencia y pasaron por mi mente todas las mujeres que tuve en mis brazos y ni Teresita Cuevas, que si bien nunca estuvo ni siquiera al alcance de mi olfato, se escapó de mi lista.

Pero las oraciones fueron escuchadas, la calma volvió, la *Independencia* retomó su rumbo y nos dirigimos a Guayaquil, donde se suponía que nos encontraríamos con el resto de la escuadra y donde yo anhelaba tener noticias de mi amada Clara.

Ni lo uno ni lo otro ocurrió. Cochrane había zarpado días antes rumbo al sur y Simpson no me dejó descender.

—Se lo dije una vez y se lo repito, sargento Núñez. Usted es un elemento valioso y no voy a permitir que se pierda por algo tan incierto como lo es la posible existencia de una mujer que usted, que no es nada de leso, debe imaginar lo que le ocurrió. Lo que le ofrezco es que envíe a alguien de su confianza hasta la casa para peguntar por ella.

Y así lo hice. Le pedí a mi amigo Remigio Pérez que visitase a los padres de Clara y obtuviese noticias de ella.

Ese día fue para mí un verdadero calvario esperando el regreso de Remigio. Volvió cuando ya el sol se ocultaba en el horizonte y me bastó con ver su rostro para comprender que traía malas noticias.

—Nunca más volvieron a saber de ella— me dijo —Y su padre te mandó a decir que donde te encuentre, te matará. Es mejor que no hayas ido, si lo hubieses hecho, ya serías cadáver.

Una profunda pena me invadió y comencé a llorar como un niño. Remigio intentaba consolarme, pero era un llanto profundo, que provenía de las entrañas y que yo sabía que en esas lágrimas estaba toda mi vida, mi infancia sin padre, mi juventud truncada por mi primer viaje obligado y todas las frustraciones que durante estos casi dos años había debido enfrentar. Toda mi vida se estaba escribiendo con esas lágrimas.

Un vaso de aguardiente que me ofreció mi amigo logró calmarme un poco. No estuve presente a la hora del rancho y preferí la soledad de mi hamaca para apaciguar mi pena. Ambos capitanes, Simpson y Wilkinson respetaron mi dolor y no me exigieron estar presente en la siguiente guardia.

Al amanecer del día siguiente, luego de repartirnos plátanos a todos, zarpamos de Guayaquil. Pensé que navegaríamos directo a Valparaíso, pero hicimos aguada en Gambacho, un pequeño puerto al sur de Trujillo en el Perú, donde no se veían naves de ese país que pudiesen atacarnos y luego en Coquimbo, ya en territorio chileno. Quizás la cercanía del regreso apaciguó los ánimos porque ya no se escuchó hablar de motines ni de rebeldías, Lo único que anhelábamos era volver a casa, aunque yo no sabía dónde iría a descansar mi cuerpo.

Terminaba junio cuando divisamos, a través de la neblina, Valparaíso. A medida que nos acercábamos la imagen se hacía más nítida y me asombró ver, desde el barco, como había crecido el puerto durante mi ausencia. La profunda emoción que me embargó se tradujo en un nudo en la garganta. Y creo que a muchos les pasó lo mismo. Nadie hablaba, nadie gritaba. Un silencio sepulcral invadió a la *Independencia*, mientras todos veíamos aparecer el puerto tras la cortina de niebla. Solo el graznido de las gaviotas era audible y yo lo escuchaba como remoto, lejano, pese a que volaban entre los mástiles.

Cuando ya estábamos a punto de echar anclas, vimos a la *O'Higgins,* a la *Valdivia* y las otra naves que zarparon junto a nosotros y a aquellas que capturamos durante nuestra misión, descansando sobre el mar, muy tranquilo para ser día de invierno.

Tomamos los bolsos con nuestras pertenencias y nos acercamos a la borda para embarcar en los botes que nos acercarían a la orilla.

No supe de dónde salió, pero muy pronto formó una banda que comenzó a darnos la bienvenida con sones marciales. Éramos los últimos en regresar de la misión que nos encomendara el Director Supremo, don Bernardo O'Higgins y yo sentía que lo habíamos hecho bien, que nos merecíamos esa recepción y muchas más. Parte importante de nuestras vidas las entregamos en estos dos años para beneficio de no sabíamos quién. Muchos abandonamos trabajo y otros dejaron atrás a su familia, todo en aras de este nuevo país que daba sus primeros pasos y que envió lo mejor de su juventud para ayudar a unos vecinos ingratos que, cuando consiguieron su propia independencia, nos dieron vuelta la espalda.

Una vez en tierra, a muchos de mis compañeros los esperaban sus mujeres, madres, hijos. A mí no me esperaba nadie y ni siquiera sabía dónde dormiría esa noche. Se acercó a mi Remigio y me invitó a buscar una posada, donde pagaríamos a medias una habitación. Conservaba algunas monedas en mi bolsillo y acepté.

Sin duda la ciudad había crecido, se veían muchas más casas comerciales, casi todas con nombres en inglés, más iglesias, más viviendas y más construcciones ligeras encaramándose por los cerros. Cierto que continuaba la basura, los mendigos, los niños descalzos y los perros deambulando por todos lados. Pero era mi casa, mi puerto, mi país. Pensé que de alguna forma me compensaría el sacrificio que había hecho por él.

Me llamó la atención en una planicie unas casas de buena construcción, que me imaginé con vista privilegiada a la bahía. Me dijeron que eran viviendas ocupadas por ingleses que bautizaron el sector como Mount Pleasent. Los chilenos lo llamaron Cerro Alegre.

Así, caminando un poco a la deriva con Remigio, acerté a pasar frente a la barraca de don Simón Muñoz, mi antiguo empleador. Me asomé al portón con timidez y ahí vi trabajando a varios obreros, algunos de los cuales me reconocieron de inmediato y se acercaron a saludarme muy contentos, dejando de lado sus labores. No tardó en aparecer don Simón, más viejo, que se alegró al verme:

—¡Félix! Qué gusto más grande tenerte de regreso. ¿Cuándo volviste?

—Hace un rato desembarcamos de la *Independencia*, don Simón. Le presento a mi amigo Remigio Pérez, compañero de aventuras.

—Aventuras que me tendrás que contar. Los espero a cenar y aún está disponible la casa del fondo, la que ocupabas con quién tú sabes...—me dijo con malicia.

Sonreí un poco avergonzado pero de todas maneras pregunté:

—¿Aún trabaja con usted?

—No. Se fue hace un tiempo y lo que temíamos no ocurrió.

Guardé un largo silencio.

—No eres padre Félix, si es que eso te preocupaba.

En verdad, si bien recordaba a Lucila, no ocurría lo mismo con el posible embarazo. Siempre me pareció que era producto de la imaginación de don Simón.

Pese al cansancio, esa noche permanecimos hasta muy tarde conversando con el anciano que escuchaba embelesado todas las vicisitudes por las que habíamos pasado en estos casi dos años de ausencia. Mientras, escanciamos varias botellas de un vino que dijo le habían traído del valle de Casablanca.

Para terminar un día feliz, me dijo que aún tenía mi puesto en la barraca pero que me tomara unos días libres para descansar.

Llamó mi atención el aspecto cansado que presentaba mi patrón. Lo atribuí a su viudez, a la soledad, porque no era tanto el tiempo que permanecí lejos como para un deterioro tan grande de su aspecto.

En cuanto a Remigio, al que permitió que alojara conmigo en la casa del fondo, me aseguró que escribiría una carta para un amigo que trabajaba en el hospital San Juan de Dios y que él creía que no tendría problemas para darle un espacio.

Una semana después, luego de recorrer el puerto, asombrarnos con sus avenidas y construcciones nuevas, con las industrias y comercios, después de visitar junto a Remigio la caleta de los membrillos y almorzar en la posada de las gordas que se dejaban manosear, luego de ir a la Escuela de los Jóvenes Guardiamarinas para saber cuándo recibiríamos nuestro pago, regresé a mi trabajo y Remigio, que fue aceptado en el hospital, al suyo.

Volvíamos a nuestras rutinas, con la esperanza de un nuevo llamado del mar.